目次

contents

【青春R18きっぷ】夜行列車女体めぐりの旅

第一章　夜行列車の君と出会って

1

ムーンライトながらのヘッドライトが近づいてくる。

近江俊則《おうみとしのり》はそれを見つめながら、大学最後の年の出会いを甘い痛みとともに思い出していた。と、スマートフォンが震えた。

――入線の写真、よろしくお願いしますよ。

バイトの後輩、阿久津《あくつ》からのＬＩＮＥだ。阿久津は本人いわく乗り鉄というやつで、鉄道に乗ることを楽しむ鉄道ファンだ。撮影専門の撮り鉄と違うとはいえ、阿久津は鉄道の写真も乗車のたびにしっかり撮っている。

俊則は、バイトの休憩時間に阿久津から写真をよく見せてもらっていた。

――ほかの人の写真は別腹ですよ。僕が撮ったときとは違った良さがあるから。

と、阿久津は即座に返してきた。

鉄道写真に別腹があるかわからないが、それが鉄道ファンの心理なのだろう。

一年前もこうやって、阿久津のためにムーンライトながらの入線写真を撮った。

周囲にいる鉄道ファンとおぼしき人々は、望遠鏡のようなレンズのついたカメラを構え、入線を待っている。二十三時すぎだが、ほかの線路にもたくさん列車があり、ホームも明るい。

最近は先頭車輛が縦長のものが多いが、ムーンライトながらの車輛はまるみを帯びた横長のものだ。車輛はやさしいベージュ色で塗装され、ワンポイントにモスグリーンが使われている。

その形も色も、どことなく懐かしい。

俊則はスマホの撮影ボタンを押した。

一年前もここにいた。信心もなにもないくせに、彼女にフラれた痛みをふっきるには神頼みしかないと思うあたり、失恋でかなり心が折れていたのだろうと思う。

(でも行動したからこそ、出会いがあったんだ……)

俊則の脳裏に、一年前のあの夜の記憶がよみがえった。

2

ムーンライトながらが東京駅から出発した。満席と聞いていたが、乗車率は五割くらいで、俊則の隣の席は空いていた。

――あなたのこと、物足りなくなってきたの……ごめんね。

大学四年の夏休み直前に別れた彼女の言葉を思い返すと、胸が重くなる。

大手広告代理店から内定をもらった男に乗り換えた彼女のことを、未練たらしく考えたってしかたない。別れた理由はそれだけではないにしても、あの言葉はこたえた。

バイト先で一方的にフラれたとをぼやいていた俊則に、厄払いをかねてお伊勢参り《いせまい》を勧めたのは阿久津だ。

阿久津はいい旅になるようにと「幸福切符《こうふく》」キーホルダーをよこしてきた。

かつて北海道にあった駅の名前が「幸福」で、そこへ行く切符は「幸福ゆき」になる。それで、八十年代にお守りがわりに流行したらしい。いまは切符だけが、廃線となり、駅舎のみ残った幸福駅で売られているそうだ。

いまどき、こういったものを贈る男も珍しいが、そこが阿久津らしいとも言えた。

俊則は大学四年の初夏には内定をもらったので、夏休みに時間はあった。

傷心旅行を兼ねたお伊勢参りを普通にやってもつまらない。どうせ旅行をするのなら、青春18きっぷを使った旅にしようと俊則は考えた。

いまは寝台車も数少ないが、夜行列車はもっと少ない。安く速く移動するためのエアラインや、価格的にもっと安く快適な夜行バスのある時代に、夜行列車のニーズはあまりなくなっている。乗るのは、青春18きっぷを利用して旅する者くらいだ。

なんでも便利ですばやくできる時代だからこそ、夜行列車のちょっと退屈で不便な旅に俊則は非日常を感じていた。

予約していた窓側の席に座り、夜景を見ているうちにまぶたが重くなってきた。しばらく眠り、トイレのために目を覚ましたところ、ラベンダーの香りが鼻先をくすぐる。

香りがするほう――隣へと目をやると、女性が寝ていた。

その女性は、マスクにアイマスク、首にはネックピロー、腰にはエアピローの完全防備だった。足下は靴を脱いで折りたたみスリッパを履いている。

細い体を守るように、バックパックを抱いていた。

(かなり旅なれてる人って感じだな……起こさないようにしないと)

ムーンライトながらは前席との間隔が広くないので、隣にいるのが小柄な女性でも、その足に触れないように廊下に出るのは至難の業だ。

「あっ、すみません」

それが彼女との最初の会話だった。

声をかけられた彼女は、黒いアイマスクの片方だけをまくりあげて俊則を見た。大きな薄茶色の瞳が向けられる。状況が呑みこめていない、といった様子だ。化粧っ気のない色白の肌に、その瞳の色がよく合っていた。

眠っていたせいか、目もとに漂うはかなげな風情が増している。

トイレへの往路は成功したのだが、席に戻るときに車体が揺れて、膝がぶつかってしまったのだ。女性は俊則にうなずくと、またアイマスクを下ろした。

(ドキドキする……ずっとこの人が隣なんだ……)

意識しないで眠ろうとして目を閉じても、車輛特有のにおいに混じって、彼女のほうから爽やかなラベンダーの香りが漂ってくる。

リラックスできる香りのはずなのに、呼吸をするたびに鼻をくすぐる香りで心拍数があがっていた。

（隣に座っただけの男に、こんなふうに思われたら気持ち悪いに決まってるだろ）

俊則は目をつむったが、眠れそうにない。諦めて、窓枠に肘をつくと外を眺めた。

夜を走るムーンライトながらの周囲に灯りは少なく、天井灯が明るいので窓ガラスが鏡のようになって、車内を映していた。

隣に座る女性のアイマスクとマスクで隠れた横顔も窓ガラスに映っている。俊則は外を見るふりをしながら、その横顔を見つめていたが、そのうち眠ってしまった。

周囲のざわめきで目を覚ますと、窓の外がほのかに明るくなっていた。隣の女性は起きて、文庫本を開いていた。色白の相貌の中で、大きな瞳だけが深い色をたたえている。知性あるまなざしに俊則は魅了されていた。

（あんまり見つめていたら、変なやつだと思われる）

横目でちらっと見る。文庫本の色あせた裏表紙からすると、古本のようだ。

スマートフォンを見ている人がほとんどのなかで、古本を開くその女性はミステリアスで、俊則が知らない魅力を放っていた。

車内に、まもなく岐阜に到着するとのアナウンスが響く。

女性に見とれて、なんの準備もしてなかった俊則は慌てて降車の支度をした。座席前のカゴに入れっぱなしだった旅行ガイドブックをバックパックに入れようとして、うっかりバックパックにあった細々とした荷物を座席と床にばらまいてしまった。

「すみませんっ」

俊則は謝りながら、荷物を拾って、バックパックの中に強引に詰めた。

隣の女性も床に落ちたものを拾って、渡してくれた。整えられた指先がきれいなだけに、みっともない姿を見られた恥ずかしさが俊則の中で大きくなる。

きとんとお礼を言いたかったが、ホームに列車が滑りこんでいた。

「ありがとうございます」

そう声をかけるのが、精いっぱいだった。あわてて俊則は列車を降りた。彼女と同じところで降りたならまだ話す機会もあったのだろうな、と少し名残惜しく思った。

(もしかして、これって……ひと目惚れ……)

ホームに降りた俊則の瞳の奥から、あの女性の面影が消えない。

胸の奥がきゅっと痛くなる。

旅程どおりにムーンライトながらを降りてよかったのだろうか、そう思いながら俊則は列車を見送っていた。

3

岐阜で降りた俊則は、まず駅から徒歩十分ほどの金神社《こがねじんじゃ》を参拝し、モーニングの有名な店で朝食をとった。

ドリンクを頼むと、パスタに小倉トースト、茶碗蒸しにサラダがついてくる。分厚い小倉トーストには、たっぷりあんこが乗っていて、食べきれるか不安だった。しかし、バターのしょっぱさとあんこの甘さがマッチして、ペロリと平らげてしまった。

遠まわりしてでも食べる価値のあるモーニング、と阿久津が推薦したのもわかる。

満腹になったところで、また鉄道旅を再開した。岐阜から名古屋《なごや》に出て、名古屋からは快速みえに乗る。途中で第三セクターの伊勢鉄道を通過するので、追加料金がいること、青春18きっぷ期間は並ばないと座れないということを俊則は阿久津に聞いていたため、名古屋から並んで座った。追加料金を払ってでも、体が少し楽になるならそれでいい。

(隣に座っていたあの人、フル装備だったのは夜行なれしてるってことか)

リクライニングがあるとはいえ、夜行列車にひと晩乗って、首と腰が少し疲れていた。

あの女性のように、ネックピローがあれば違ったかも、と俊則は思った。

JR伊勢市駅に着いてから、バスで猿田彦《さるたひこ》神社に向かう。ここの境内には縁結びの佐瑠女《さるめ》神社がある。良縁を願うなら、はずせない神社だ。

それから俊則は伊勢神宮《いせじんぐう》の外宮《げくう》へ足を運んだ。

一時間ほどかけて外宮を参拝したあと、俊則はバスで内宮《ないくう》へ向かった。

朝食が早かったのと、かなり歩いたので腹がすいていた。昼時とあって内宮近くにある、おかげ横丁《よこちょう》は混雑していた。

人混みを縫いながら、目当ての伊勢うどんの店へと向かう。

伊勢うどんと手こね寿司セットを注文すると、白く太い麺に濃い色のタレが特徴的なうどんと、木の桶に盛られた手こね寿司がやってきた。うどんをよく混ぜて食べると、もちもちの麺にしっかりした味の醤油がからんで、ちょうどいい味になる。

満腹になったところで、五十鈴川《いすずがわ》にかかる宇治橋《うじばし》を渡って、内宮を参拝した。

参拝後は、赤福《あかふく》本店に並んで、夏ならではの赤福氷を食べた。宇治抹茶のかき氷の中に赤福が入っているが、冷たくなっても硬くなっていない。これ目当てに客が来るだけあって、うまい。シロップも工夫してあるようで、単なる抹茶シロップではなさそうだ。かき氷も奥深い味わいで、ひと口ごとに舌の上に幸せが訪れる。

俊則は店を見わたした。

みな、思い思いに楽しんでいるのを見ているうちに、俊則もリラックスできていた。

旅はいい。失恋を忘れるべく、鬱々としながらバイトをして金を稼いでも、ここまで晴れやかな気持ちになれなかっただろう。

宿のある二見浦《ふたみのうら》まで参宮線《さんぐうせん》で向かいながら、旅を勧めてくれた阿久津に感謝した。

宿に荷物を置いて、少し休んでから俊則は二見興玉《おきたま》神社に参拝した。

恋愛成就の神様として人気の神社だけあって、ここも参拝者が多い。俊則の目的は、神社そばにある夫婦岩《めおといわ》だ。大小二つの岩が、しめ縄で固く結ばれている。

夏至のころ、岩の間から昇る朝日も有名だが、夕日もまた絶景とガイドブックで見て、ここに来たのだ。

水平線を夕日が橙色《だいだいいろ》に染め、空と海とが溶け合っていく。

(フラれたのは、もっと素敵な人と出会えるチャンスが来たってことだ。きっと)

壮大な景色の前では、自分の悩みなどちっぽけなものに感じられた。

就職先で相手を乗り換えるような女の子だったら、それまでの縁だったのだ。

そう思いをふりきったと思ったとたん、俊則は、ムーンライトながらで出会った女性のことを考えていた。

(ひと目惚れなんだろうか、これって)

もう逢えないかもしれない美女へのひと目惚れ——不毛で少し哀しくなる。

その人を思い浮かべながら、波間で寄りそうように佇《たたず》む夫婦岩を見つめていた。

そこに、潮の香りに混じって、ふわっとラベンダーの香りが漂ってきた。

俊則がふり返ると、ムーンライトながらで出会った女性が目の前にいた。

「えっ、あっ」

俊則は間抜けな声を出していた。

(伊勢神宮、それとも猿田彦神社、それとも夫婦岩……どれのおかげだ……)

信じられない僥倖《ぎょうこう》に、固まってしまった。

「あの……ムーンライトながらで、ごいっしょでしたよね」

女性が透きとおるような声で言った。電車を降りてから着がえたらしく、服装は白のゆったりとしたワンピース姿だ。

「は、はい……」

ようやく言えたのは、これだけだった。

「これ、岐阜駅で降りるときに落としましたか」

女性が差し出したのは「幸福切符」のキーホルダーだ。バックパックの中身をぶちまけたときに、いっしょに落としてしまったらしい。小さいので、拾い忘れていたのだ。

「私、ムーンライトながらで靴を脱いで、スリッパになっていたでしょう。降りるときに、靴の中に入っているのに気がついて……ごめんなさい、踏んでしまったんです。あっ、あの、ちゃんとウエットティッシュで拭きましたから……でも、ごめんなさい。踏んじゃって」

女性が頭を下げる。

「いえいえ、不注意なのは僕で、かえってご迷惑をかけてしまって、すいません」

俊則も頭を下げた。二人でペコペコ頭を下げ合っているうちに、女性が笑い出した。

「この調子じゃ、私たち、日が暮れても続けてそう」

彼女の軽やかな笑い声が浜辺に響く。

アイマスクも、マスクもない彼女は美しかった。浜風に揺れる髪はやわらかい。

色白の肌を夕日のオレンジが染め、よりいっそう、はかなげな相貌を引きたてていた。

そのとき、俊則の腹が、潮騒《しおさい》に負けぬほど思いっきり鳴った。

「あの……お腹がすいてませんか」

「……すいているのは、あなたですよね」

「ええ。そうなんですけど……よかったら、いっしょにご飯を食べませんか」

ほぼ初対面の女性を食事に誘うなんて、ナンパじゃないか、と俊則は気づいた。

(旅先でいきなりご飯に誘うなんて、ベタだ。ベタすぎる。しかも、ダサすぎる。あんなお腹の音を聞かれたのに)

目の前の女性は男からの誘いを、軽やかにすり抜けそうな雰囲気だった。

十中八九断られ、ひと目惚れはあえなく終わる、俊則はそう思った。

「いいですよ。私もお腹ペコペコだから」

彼女が笑っている。思いがけない展開に、俊則は目をしばたたかせた。

「いいんですか」

「あんなふうにお腹を鳴らされたら、同情しちゃうじゃないですか」

二人は笑い合った。

「私は田原友代《たはらともよ》です。お名前は」

「僕は近江、近江俊則です」

「じゃ、近江さん、食事に行きましょうか。おいしい店、知っているんです」

友代が俊則を連れてきたのは、庶民的な居酒屋だった。

伊勢えびフライ定食、というのが目に飛びこんできたので、それを頼んだ。友代は、おつまみになりそうなものいくつかと、地ビールを注文した。

「乾杯」

友代がニコッと笑ってグラスを合わせる。

「もしかして、ムーンライトながら、はじめてでしたか」

「ええ。そうです」

「ネックピローもなしに夜行列車に乗っていたから、首が痛かったでしょ」

「少し……ところで、友代さんはこの辺にお詳しいんですか」

「お伊勢様は好きでよく来るの。今日は名古屋のほうをめぐってからきたんです。ところで近江さん、お伊勢参りはいかがでした」

友代がグラスを傾ける。しばらくして、俊則の伊勢えびフライ定食が来た。お腹がすいていたので、俊則はさっそく箸をとった。サクサクのエビフライは嚙むごとに旨《うま》みと甘みがひろがり、箸が止まらない。

「よかったです。こんなに大きな神社、生まれてはじめて来たので、圧倒されました。敷地も本当に広いし、神社を中心に街が作られているのにも歴史を感じましたね。観光客が多いのに、妙に落ち着く場所で……思っていたのと違いました」

「そうね。お伊勢様は落ち着きますよね。近江さんは古いものがお好きなんですか」

「そういうわけじゃ……ただ、普段と違うことをしたかったんです」

「海外旅行じゃなく、お伊勢参りを選ぶところが、渋くていいですね」

「知ってるようで日本のことを知らないから……お金ができて海外に行く前に、じっくり日本を旅行するのもいいかなって思ったんです」

「そういう旅、私も好きです」

話は盛りあがった。友代が旅行した、琵琶湖《びわこ》の湖西線《こせいせん》からの眺め、出雲《いずも》、飛騨高山《ひだたかやま》……。

地名は知っているけれど、どれも俊則が行ったことのないところだ。

「旅が好きなんですね、友代さんは」

「旅が好きなのかな……もしかしたら、なくなっちゃいそうなものが好きなのかも。街も行くたびに新しい建物が増えて、古いものが消えていく。夜行列車も、昔はいっぱいあったのに、いまじゃもうムーンライトながらだけ……いつかなくなったとき、もっと行っておけばよかったって言いたくないから、せっせと通うのかも、古さを残しているところに」

東京も再開発が進んでいる。渋谷《しぶや》は工事現場だらけで、馴染んだビルが消え、代わりに巨大なビルが建っていく。古いものは失われ、新しいものに変わっている。俊則はそれを当然のものとして受け入れていたが、見方を変えれば、それは猛烈に寂しいことなのかもしれない。

「やさしいんですね、友代さんって。僕はそんな見方をしたことがなかった」

「そういう思ってくれる近江さんと、ごいっしょできて幸運だったな」

目もとを赤くした友代が、俊則を見ていた。

(少し酔ってもきれいだ……)

俊則は、この魔法のような時間がずっと続くことを祈らずにはいられなかった。

4

きっかけは、どちらかが言った「寂しい」というひと言だったと思う。

俊則が友代をホテルまで送っていったとき、ふとそんな会話になったのだ。

なにに満たされないのか。どうして旅に出たのか——。

俊則は、自分の失恋を話していた。友代は黙って聞いていた。

「私は忙しさで寂しさをごまかしているのかも……旅に出ると、素直になっちゃう。本当は寂しいの、私も。二十八歳になって、少し焦ってるの。このまま年をとるのかなって」

そう言って見あげた友代を、俊則は抱きしめていた。友代も抗《あらが》わなかった。

「ねえ、寂しいの。お願い。寂しいから、ひと晩だけ、恋人になってくれますか……あなたともっと、いっしょにいたいの」

旅だから、今晩だけだから、その思いが俊則を自由にしたのかもしれない。普段なら、こんな大胆な行動をとったりしない。ホテルの前で唇を重ねてからは、止まれなかった。

エレベーターで、廊下で、そして鍵を開ける間を惜しんで二人はキスをした。

「近江さん、シャワー、浴びよ」

俊則は無言で友代のカーディガンを脱がせ、ワンピースのジッパーを下ろす。するりと体からスカートが滑り落ち、均整のとれた肢体があらわになった。

白く長い太股《ふともも》を、俊則は撫でて、それから指を双臀のほうへと這わせていく。

「シャワーを浴びたら、友代さんの香りが消えちゃいます。だから、このまま……」

ブラジャーから盛りあがる乳房と、ショーツに包まれたヒップは思いのほか豊かで、密着しているだけで、俊則は興奮していく。はかなげな風情漂う相貌と、瑞々《みずみず》しい感性と成熟した肢体の持ち主——こんな女性は、はじめてだった。

「あん……ダメ、恥ずかしい……」

ブラジャーのホックをはずすと、豊満な乳房がこぼれ出る。

俊則は、乳先にあるぷっくりふくらんだ乳頭を口に含んだ。

「あっ……あんっ、そ、そこっ……」

友代の腰がぶるっと震えた。ショーツの奥からは、欲情のアロマが漂ってくる。

それが肌から放たれるラベンダーの香りと混ざり合い、俊則の欲望をさらに燃えあがらせた。

(めちゃくちゃにしたい……いや、めちゃくちゃになりたいんだ、僕が)

欲望の奔流に揉まれ、友代を愛撫しながら、自分が常識や体面から自由になっていくのを感じていた。乳房に顔を押しつけ、音を立てて乳首を吸う。

「やっ、音をそんなに立てたら、ほかの部屋に聞こえちゃうっ」

乳房から漂う甘い香りに包まれながら、俊則は芯の通りはじめた乳頭を舐めまわしていた。唾液が絶え間なく溢れ、乳房の乳首から下の部分を濡れ光らせていく。

愛液の香りはむせ返りそうなほど強くなっていた。

「友代さん……僕、もう我慢できません。ねえ、ひとつになりましょうよ」

「キスして。すぐこんなふうに抱かれるなんて……ふしだらでしょう」

「いいじゃないですか……なにも悪くない」

「ふしだらな女だって、俊則さんに思われるのが怖いの」

朝露を含んだ花びらのように、瞳が潤んでいる。

「二人でふしだらになるならいいでしょう。僕は友代さんとそうなりたい」

熱い思いを吐露した。俊則が友代の耳たぶを咥えると、そこは乳首以上に熱く火照っている。

「あんっ、じゃあ、今晩だけ……俊則さん、意気地のない私をふしだらにして……」

友代が腕の力を抜いた。

俊則はショーツを下ろした。すぐさま繊毛に覆われた縦スジに指を這わせる。

蜜汁が溢れて、少し指を動かすだけで、湿った音が響く。

「すごい大洪水だ。太股に愛液が垂れてますよ」

「私、いつもこうじゃないの……俊則さんのせいなの、きっと」

友代が半裸の肢体をうねらせた。少し動いただけで愛液の香りが漂い、鼻孔をくすぐる。言葉は清らかでありながらも体の反応は淫らな友代の姿に、欲情が募っていく。

「僕だって、友代さんだからこんなに興奮しているんです」

友代が俊則の股間を見て、微笑んだ。

「うれしい……」

友代の細い指が、デニムのフロントボタンをはずし、隆起したジッパーを下ろしていく。俊則の股間を痛めないように、ゆっくりと友代は指を動かした。だからこそ、かすかな振動がもたらす快感と痛みは鮮烈で、これだけで射精してしまいそうになる。

「すごく大きい……下りにくくなってる」

友代がふっと微笑む。こんなにも欲情させた張本人の無邪気な笑顔に、俊則は心をかき乱された。ジッパーが下りると、下着とともに若竹がまろび出た。

汗と淫らな先走りの臭《にお》いが二人の間にひろがる。友代の放つ甘美な香りとは対極の、獣じみた臭いは、俊則を正気に引き戻した。

「いい……俊則さんの匂い、好き」

友代が前にまわっていた。膝をつき、顔をペニスの高さに合わせている。

(汗臭いのに……こんな臭いを嗅がれたら絶対に嫌われる……)

焦れば焦るほど、体温があがり、体臭が、性の臭いが濃くなる。

「二人でふしだらになるんでしょ……」

友代が艶然とつぶやくと、小ぶりな唇を大きく開いた。友代が唾液をからめて亀頭を吸う。快感と、美女にいきなりフェラチオをされるという、至上の悦びが俊則に襲いかかった。

「友代さん、洗ってないのに、いきなりはダメですって！」

しかし友代は亀頭を舐めまわすと、次に肉竿まで呑みこんでくる。

俊則の尻肉が、射精を堪《こら》えるために痙攣した。胸をかきむしりたくなるような恥ずかしさを覚えつつ、友代の口で愛撫されるのはとてつもない快感だった。

「男の人の匂いがする……俊則さんのは、とっても元気な匂いで、好き」

友代が口をはずして、頬をペニスに擦《こす》りつけた。なめらかな肌を、血管の浮いた怒張が撫でる。清楚さ漂う美貌だからか、この仕種《しぐさ》はことさら淫猥に見えた。

「友代さんっ」

我慢できなくなった俊則は友代の腋に手を入れて立たせると、ホテルのドアに背中を預けさせた。先走りと唾液で濡れた肉竿は数度しごくだけでさらに反り返る。血管が浮いた竿部分を友代の縦スジに押しあて、俊則が腰を上下させると、秘所からは卑猥な水音が立った。

「やっ……するなら、ベッドで……ここは恥ずかしいっ」

そう言いながら、友代は腰をせり出した。愛欲にまみれていても、顔つきから清らかさが失われていない。そのギャップが、俊則の欲望をかつてないほどにたぎらせた。

切っ先を秘唇に当てて、ぐっと腰を押しあげる。

亀頭は肉の圧をものともせずに女の内奥を進んでいく。

「あひっ……くううっ……うううんっ」

俊則は繋《つな》がりながら、友代の口を唇で塞いだ。

ドア越しに、廊下を歩く客の会話が聞こえていた。ドアのすぐそばで声をあげたら、聞こえるかもしれない。嬌声を聞かれることへの緊張感からか、ペニスを濡らす愛液が熱くなり、量が増えていた。

「ひうっ……うっ……」

俊則は廊下の音を聞きながら、律動を開始した。腰を動かすたびに、結合部から卑猥な音が聞こえてくる。声を漏らさぬように、友代は舌をしきりに蠢《うごめ》かせる。キスを交わしながら、俊則はピッチをあげていった。

「うくっ……うんっ、いっ……いいっ」

ジュブッジュッ……！

俊則は友代の左足をかかえて、結合を深くする。

甘美な襞肉にくるまれ、俊則はうめいた。背すじにはみっしりと忍耐の汗が浮いている。いますぐにでも出したいくらいの快感だ。

「声、聞かれちゃいますよ」

「こ、ここはダメ。ベットでしよ、ねえ、俊則さん……はっ、はあんっ……」

友代のクリッとした目が、せつなげにすがめられた。清らかさ漂う表情と、媚肉の淫猥な動きのギャップが、男の欲望をあおる。

俊則は本能の囁《ささや》きに身を任せると、友代の太股をかかえて、さらに強く突きあげた。

「あうっ……いいっ！」

友代が目を大きく見開き、顎を震わせた。

欲望と思いをこめた突きを、俊則は幾度もくり出していく。

「ダメッダメッダメッ……あんっ、いい、いいのぉっ。声が出ちゃうっ」

「いいですよ、いっぱい出して……みんなに友代さんの声を聞かせたい」

いや、いや、と友代は口走り、俊則の唇を求めた。

フェラチオをされたあとに口づけされたのは、はじめてだったが、友代とならいやではなかった。舌を桜色の唇に差し入れ、口内でも粘膜をからめ合う。

(友代さんと出会うために、この旅はあったのかもしれない……)

なにも知らないのに、こんなにも惹きつけられるなんて――。

「友代さんにひと目惚れだったんです、電車で隣になったときから。きっと……」

「嘘でもうれしい」

友代がまた口づける。小さな舌が俊則の口内を探り、唾液を求める。

嘘じゃないです――そう言う代わりに、俊則は行為で示した。

友代の右足もかかえ、立ったまま正常位のように深く繋がった。

「ううっ……うううっ……」

友代の喉奥から愉悦の声が吹きこぼれる。

ラベンダーと女蜜の香りが濃厚になる。その香りが俊則を狂わせていく。

律動の振幅を大きくし、ピッチをあげる。足腰と体力には自信があった。引越会社のアルバイトで自然と体力がついたのだ。

「んっ、くっ、ひいいっ」

鼻からなまめかしい息が漏れる。嬌声は俊則が口づけで呑みこんだ。

ドア一枚向こう側では観光地で羽を伸ばしに来た客が行き来し、こちら側では友代が俊則に立ったまま貫かれている。自分がこんなにも他人の近くで、はしたない行為をしていることを自覚したのか、友代の吐息が荒くなる。

（腰が……うねってる）

友代は声の代わりに、体で快感を表現していた。

ただでさえキツい締めつけに、襞肉の波打つような動きも加わる。

肉壺からの愉悦で、また先走りが内奥にあふれ出た。

「すごい音……あそこからの音がエッチで、僕ももうイキそうです」

ズブッ、ズブッ、ズリュッ……。

突きあげるたび、俊則の太股に熱い飛沫《しぶき》が降り注ぐ。結合部からしたたった蜜汁のために、陰嚢まで濡れていた。

友代の蜜汁からは酸味のある匂いとヨーグルトのような香りが漂う。

「エッチな音と、匂いが恥ずかしいのっ、ああん、もうっ」

愛欲の汗で友代の相貌が光る。快感の波に抗うその相貌は心が震えるほど美しい。

「僕は好きです、この匂いも、音も……だって、友代さんが感じている証《あかし》だから」

ドアのあたりは欲情の匂いでむせ返りそうだ。

音と香り、そして肉の喜びが重なり合い、俊則の欲望が募っていく。

友代の体を押しつけられたドアが軋《きし》む。

「くううっ……」

声を出せない友代は、汗で濡れた相貌を打ちふっていた。涼しげな目もとが愛欲でとろけ、知的な言葉を紡ぐ唇は絶え間なく喘ぎ声を放っている。

友代の内奥から肉の座布団のようなものが下りてきて、亀頭に当たってきた。

(これは、なんなんだ。ああ、すごく気持ちいい)

俊則は快楽を堪えきれず、本能のままのラッシュで友代を突きあげた。

「くううう……いいっ！」

パンパンチュパチュッ！

堪えきれなくなった友代が、声をあげた。

結合部の音ははしたなさを増して、悦楽に狂う二人を追いつめる。

熱い愛液はとめどなく溢れ、俊則の太股を伝って床に落ちていった。

「俊則さんのが奥に当たっちゃうっ。はふっ、いいのっ、すごく、いいっ」

あられもない声をあげて、友代が腰をふる。俊則は、慌てて唇を重ねた。

そして、そのまま射精へ向けてピッチをあげていく。

「んふっ、くうっ、ううっ」

鼻からため息とも喘ぎ声ともつかぬものを漏らしながら、友代はのけぞった。

水しぶきが走るような音を立てて、絨毯に欲望の女蜜が降り注ぐ。

友代が身もだえるたびに、内奥の動きはキツくなり、吐精を促してくる。

「そんなに締められたら……出る。出ちゃいますっ」

本当はいますぐにでも、この体の中に自分の欲望を解き放ちたかった。友代の体液がすべて俊則の精液にかわるほどに、注ぎこみたい。

こんな感情、こんな欲望ははじめてだった。

「も、もうダメ……わたし、イクイク、イっちゃうっ！」

友代がドアに頭を押しつけて背すじを反らせると、内奥の蠕動《ぜんどう》がキツくなった。

亀頭を肉ざぶとんでくすぐられ、俊則の忍耐の糸が切れた。

切っ先がふくらみ、陰嚢にたまりにたまった白濁が尿道口から噴き出した。

ドクンッ！　ドクドクッ！

「あううっ、熱いのが、いい、いい、熱いのでイクのっ、イクッ」

熱い飛沫を肉壺に浴びせられ、友代が白い喉をさらした。

双臀がすぼまり、蜜肉がペニスをキツく締めつける。

「おお、おお、おお……」

俊則は声をあげながら、大量の白濁を友代の中に注ぎこんでいた。

5

「いつもは、こんなことしないの」

バスタオルを巻いた友代が、バスルームから出てきた。

「こんなことって、どんなことですか」

先にシャワーを浴びた俊則も、腰にバスタオルを巻いただけの姿だ。

ベッドから立ちあがり、友代に背後から抱きつく。

「……会ったばかりの人と……やだ、恥ずかしい」

友代が両手で顔をおおった。

ドアの前で立ったまま交わったときの淫らな腰の動きや、愛欲の声をあげるさまは大人の色香に満ちていたのに、化粧を落とした今の友代は汚れを知らぬように見えた。

「僕だって、会ったばかりの人といきなり寝るような軽い男じゃないです」

遊びで寝ることはなく、いままで経験したのはすべて恋人相手。ひと晩の恋などしたことはない。

「昨日、電車で眠れなかったでしょ。少し、休も……」

そう言いかけた友代の唇を、俊則はキスで封じた。

終わったばかりなのに、男根は青スジを立てて反り返っている。

友代の手をとり、己の肉棒へ導いた。熱いものに触れたように、手がビクッと跳ねたが、すぐに友代は指で肉竿をやさしくくるんできた。

「休まなくていいの？」

こちらを見あげる友代の瞳に、俊則が映っている。ペニスを愛撫されている悦びよりも、彼女の瞳の中に自分がいることの悦びのほうが大きい。

「友代さんが平気なら……僕はもっとあなたに触れていたい」

「……欲求不満なのね」

困ったような顔をして、友代が首をかしげる。

「違うんです……友代さんとだから、たくさんしたくて。あなたを知りたいから」

肌が離れている時間がもったいないくらい、友代が欲しかった。

俊則は友代を立たせると、バスタオルをはぎとり、ベッドの上に押し倒した。

裸になった二人はベッドの上に横たわり、またキスを交わす。

「私のこと、ぜんぶ知ったら、つまらない女って思うはずよ」

友代が目をそらした。

「それは、僕が友代さんのことをぜんぶ知るまで、腕の中にいてくれるってことですか。だったら、うれしいな」

「えっ……ああっ、それは……」

俊則は、友代の両足首をつかんで、頭のほうへと下ろした。友代の体はやわらかく、顔の横に足がついた。臀部と、その谷間にあるすべてがまる見えになる。

「やだ、恥ずかしいっ、み、見ないでっ……」

長い足の間にある、なめらかでまるみを帯びた臀丘。白く肌理《きめ》細かい双臀の間には、色づいた肉の花びらがあった。それを縁取る陰毛は細く淡い。肉襞の厚さは控えめで、色も薄かった。

奥は熟れているのに、とば口ときたら、乙女のように可憐で繊細だ。

「僕のをあんなに締めたところが、こんなかわいい姿をしているなんて」

女裂を見るのははじめてではないが、友代のそこを見たとたん、延髄のあたりが熱くなる。清らかさを漂わせながら抱かれると激しく乱れる友代に、俊則は溺れていく。

「そんなに見つめられたら、熱くなっちゃう」

俊則の視線を秘所に注がれ、友代が手で隠そうとした。

「隠さないで。こんなにきれいなのに、見せてくれないなんて寂しいです。それに」

「それに？」

「見られて気持ちよかったんじゃないですか。だって、僕が見ていただけで、あそこからエッチなおつゆがいっぱい出てきてますよ」

薄明かりでも、俊則は友代が顔を赤くしたのがわかる。

乙女の花弁のような淡い色の性器から白濁した蜜汁が溢れている。男と女の欲望が混ざった蜜汁の香りは、俊則の本能を刺激した。

（我慢できない……！）

俊則は友代の尻をかかえて、半回転した。ベッドサイドライトの真横に尻が来るようにする。光源の間近で見ると、さらに淫猥な眺めだった。

「そんなふうに見つめられたら……あっ、ああっ……」

俊則はそろえた指を二本いきなり蜜壺に挿《い》れ、抜き差しさせる。

グチョ……ヌチョ、ヌチョ……。

音も卑猥なら、溢れる愛液が白臀の間から垂れて、白い内ももを濡らしていくさまも卑猥だ。俊則はたまらず双臀から流れる愛液を指ですくった。

「すごく感じてますね。クリトリスがふくらんでますよ」

視姦されながら愛撫されるうちに興奮したらしく、女の真珠が屹立している。

「それ以上は答えられないっ。もう、いじわるしないで」

「じゃあ、体に聞いちゃいますよ」

女芯に親指を押しあててこねくりまわす。すると、白臀が大きく跳ねた。

「ひゃうっ、あふっ……くううっ」

俊則は充血した女芯を指でもてあそび、それから蜜口を抽送で責める。

「あんっ、あんっ、あんんんっ」

友代の声が震えた。俊則は顔を近づけ、秘裂に息を吹きかけたのだ。

とがった芯芽を吐息で刺激される新たな快感に、友代は全身を痙攣させている。

「いや、このままじゃイク……イキそう……」

苦しげにそう囁いた友代の総身は汗で濡れ、発情のアロマを放っている。

「イクなら、これでイキましょうよ」

俊則は漲ったペニスを、まんぐり返しの姿勢をとったままの友代に挿入した。

ズブ……ズブブブッ！

濡れそぼった蜜裂からは卑猥きわまりない音が放たれた。友代が首をのけぞらせる。

「あああああうん！　すごいっ、きてるっ」

エラの張った男根でほてった女壺を貫かれ、双臀を波打たせながら友代は喘ぎまくる。俊則は膣に残っていた精液をかき出すように、激しい抜き差しをくり出した。

「友代さんのエッチなあそこから、さっきの中出し汁が出てる……いやらしいな」

俊則は友代の頭に手をそえると、結合部をのぞき見させた。

ズッボ、ズブ、ズブッ……！

突き入れ、引き出すたびに、白濁と愛液がかき出される。桜色の女唇が咥える赤黒い肉棒と、それにからみつく欲望の汁が淫らな色味になっていた。

「ああ、なんてすごい眺めなの。エッチすぎて、私もおかしくなっちゃうっ」

喘ぎながら、友代が唇を舐めた。肉の悦びを享受しながら、交合の音を聞き、淫猥な光景を視姦する。そして欲望の匂いを嗅ぎ、キスの名残を味わう——。

五感を駆使して快楽を求める友代の熟れた魅力が、俊則を惹きつけてやまない。

「僕のそんな部分を引き出したのは、友代さんですよ。あなたのせいだ……」

それ以上は言葉にせず、行為で示した。

突き入れは深く強く、引き抜くときはすばやく肉壁を擦りながら——。

繋がり合った二人は、快感を求めて腰をふりまくる。

「いい、いいのっ……こんなにすごいの、はじめて……」

俊則は友代の乳房を揉みながら、指先で乳首をはじく。

「ひうっ」

友代の目尻に涙が浮かんでいる。

少し乳首をいじっただけで内奥のうねりは強くなり、精を求めるように蠕動した。

「僕も、こんなセックス、はじめてです。ああ、いい、気持ちいいっ」

愉悦の汗に濡れる友代から、ラベンダーの香りが漂ってきた。乳液に入っていたのだろうか。体温があがると、香りが強くなる。

俊則の体も、快感の汗で濡れていた。さっきシャワーを浴びたのに、台なしだ。

四方から来る肉圧に、根をあげそうになるが、俊則は歯を食いしばって堪える。

もっといろんな体位で貫き、悶え狂う友代の相貌を眺めていたい。

俊則は友代を抱きしめると、結合したまま体を反転させた。

「やぁんっ、これじゃ私が上になっちゃうっ」

俊則はまんぐり返しの正常位から、女性上位に体位を変えた。

(あっ……さっきの感触が……)

亀頭に、立位で交わったときに触れた、肉ざぶとんのようなものが当たっていた。

媚肉の蠕動に加えて、これで亀頭がくすぐられると、射精を堪えられなくなる。

しかし、この我慢なら歓迎だった。未知の感触は甘美で、男が夢見るような快感をもたらしてくれる。体位が変わったとき、友代も声をあげていたが、俊則の吐息も荒くなっていた。

「当たる……この体位だと当たるの……」

友代が眉根を寄せて、せつなげに囁いた。声を出すことすらつらいらしく、声も切れぎれになっている。

「当たるって、なにが……」

俊則は切っ先に当たる肉ざぶとんの感触がたまらず、腰を思わずうねらせる。

「はうっ……子宮が気持ちよくて……下りてるのっ……」

そこでようやく俊則は、亀頭に当たっているのが子宮口だとわかった。女性が感じると下りる、と聞いたことはあったが、体験するのははじめてだ。

(子宮口に当たるって、こんなにも気持ちいいものなのか……)

思いのままに腰をくり出したら、射精してしまいそうな快感だ。敏感な亀頭を子宮口で圧迫されるだけで鮮烈な愉悦が走るのだ。

「気持ちいいからって、動かないでいるの、ずるいよね」

友代はそう言って、腰を前後に動かしはじめた。

「ああんっ、自分で動くと、あんっ、も、もっと、よくなっちゃうのっ」

腰をわずかに前後させただけで、結合部からは粘り気のある音が立つ。白濁した愛液は泡だっており、俊則の腰を濡らしていく。

けなげに奉仕されているうちに、愛おしさがこみあげてくる。

「友代さん、僕もお手伝いします。友代さんにだけ、がんばらせるわけにいかないから。二人で気持ちよくなりましょうよ」

俊則は友代の手をとると指をからめた。両手をつなぎ合わせてから腰を上下させる。

ズンッ！

突きあげたときの快感は、立位での交わりよりも鮮烈だった。

「あう……イクぅう！」

友代がのけぞりながら叫ぶ。結合部から溢れる愛液の色はさらに白濁していた。

ヒクヒク痙攣している友代へ、俊則はなおも律動をくり出した。

「ダメ、ダメ、またイク、イキすぎちゃうっ」

尻が波打ち、下腹がうねる。乳首の先からは悦楽の汗が散った。

俊則のダイナミックな腰の動きに合わせて、友代も腰を前後させている。

二人は淫らに腰をくり出しながら高まっていく。

「友代さんを何度もイカせたい……素敵な人だから」

「いやいやぁ……恥ずかしいの。ふしだらだって思われちゃうっ」

友代は顔を隠すために手を上げようとしたが、その両手は俊則につかまれている。

「僕にもっと見せて、感じている友代さんの姿を」

俊則は律動のピッチをあげた。悪路を走るバイクのように、友代の体が上下する。細身の体から突き出た大ぶりのバストが、たぷたぷと音を立てながら揺れた。

下りてきた子宮口めがけて、俊則は腰を突き出した。

「ひ、ひ、いい、いい、こんなの、よすぎて……」

友代は目をつむって、顔を打ちふっていた。眉尻が下がり、いまにも泣き出しそうだ。

その友代を、俊則は容赦なく突いた。エラで肉壁をかきながら、突きあげるときには芯芽を刺激するように強く結合する。

「苦しいのっ、気持ちよすぎて……あんあんあんあんっ」

友代の知的な唇から、よだれが垂れていた。

自分がそこまで友代を感じさせたことがうれしくもあり、俊則のテクニックに応えて乱れてくれることに、喜びで胸がいっぱいになる。

「もっと、友代さんとしたい。もっとあなたを知りたいっ」

寂しいからひと晩だけ恋人になって——その友代の言葉をきっかけにして、二人は体を重ねたのだが、俊則はひと晩で終わる恋ではない気がしていた。

「くうっ、あんっ、俊則さん、そんなに動いたら、また、また……イクッ、あううんっ、あああっ」

友代が動きを止めた。そのまま頭を垂れて、俊則にもたれかかってくる。

「友代さん？」

俊則がのぞきこむと、友代は目を閉じていた。口は半開きでよだれが垂れたままだ。

（もしかして、イキすぎて失神したのか……）

今晩は、はじめてだらけだ。

初対面の女性といきなり体を重ねたのもはじめてなら、はじめての立位、女性上位、そして相手が失神するまで感じるほどの激しいセックス——。

俊則は繋がったまま友代を抱きしめると、ベッドの上にそっと横たえた。

（友代さんは感じやすい人なのかな。はじめての僕相手に失神しちゃうなんて）

セックスですぐに感じるようになるくらい、友代に快感を教えた相手がいたのだろうか。知らない誰かに、俊則は嫉妬していた。そのやけつくような思いが、欲情に変わる。友代の力が抜けた両足首を持ち、逆V字になるように掲げる。

そして、気をやったままの友代に正常位で突き入れた。足を掲げたことで結合が深くなり、卑猥な音を立てながら溢れた本気汁がシーツを濡らした。

俊則は失神したままの友代相手に律動を再開した。

ジュブ、ジュブッ、ヌップヌップッ……。

気を失っていても、肉壁は意志を持ったようにからみついてくる。

(本当は友代さんを休ませてあげたいのに、体が止まらない)

俊則はダイナミックなピストンをくり出した。

尻と腰がぶつかり合い、破裂音を放つ。友代の乳房が上下に揺れるほどの動きに、友代が反応した。かすかに痙攣したあと、まぶたがゆっくりと開く。

「あうっ、やんっ、またするなんて、エッチすぎて、あ、あんあんあんっ」

友代がイヤイヤする子どものように首をふる。

「またイクの、イッちゃうのっ、俊則さん、あっ、イクうう!」

「何度でもイッていいんですよ。恥ずかしがらないで」

俊則は結合したまま、女芯を親指で撫でまわした。

「あひっ……ひいいいっ……いいっ、イクッ」

友代が弓なりになる。達したあとの体は、敏感になっていたようだ。

体を震わせ、愉悦に震える友代を見ても俊則は律動をゆるめない。友代が快楽に狂う姿は、艶美で胸がときめく。俊則は我を忘れてラッシュをくり出した。

「ひ、ひうっ、俊則さん、こ、こんなにされたら、本当におかしくなっちゃうのっ」

「おかしくなりましょうよ。僕、友代さんとなら、いくらでもおかしくなりたいっ」

「ひぃい、ひうっ、あん、あんっすごいのっ。イキすぎて変になるっ」

汗みずくの相貌を打ちふりながら、友代が泣いていた。

「思いっきりエッチになってください。どうしたいか言って。僕、友代さんの欲望を叶えてあげますよ。どんなエッチな願いだって……」

射精を堪えすぎて陰嚢が爆発しそうだ。堪えに堪える俊則のこめかみから汗が流れる。その汗が、友代の肌に落ちた。友代の瞳が俊則に向けられる。

「お口で受けたいの……俊則さんのを」

思いがけない言葉に、ぎょっとした。俊則がいままでつきあった彼女は、口で受けるのは生臭いといっていやがったし、精液の臭いすら嫌っていた。

「中は怖いから……ですか」

「ち、違うの……味わいたいの、俊則さんのぜんぶを……」

俊則は、心臓をつかまれたような息苦しさに襲われた。

つきあいの長い恋人すらいやがる行為を、出会ったばかりの女性から求められる歓喜のためだった。

「苦いし、きっとおいしくないです。だ、だから、違うことをしましょうよ」

俊則は腰を前後させたまま、友代を翻意させようとした。

中で果てるのが最高なのはわかっている。でも、自分から精液を口にしたいとせがまれて、うれしくないはずがない。あと数度律動したら決壊してしまうだろう。

中で出すか、口に出すか、その決断を今、しなければならない。

「欲ばりになっちゃったの……あそこでイッたあと、喉でもイキたいの……」

友代の言葉が、俊則の迷いを払った。

(ほんとうに、全身で僕を受け止めたいんだ)

抱いているのではなく、俊則は友代に抱かれていた。心も、体も、すべてを——。

「好きです……友代さん、好きです……」

俊則は熱に浮かされたようにつぶやきながら、ラッシュをかける。

パンパンパンパンッ！

部屋に肉鼓の音がこだまする。

腰を打ちつけられるたびに白臀はわななき、シーツの上に愛液が散る。

「ああ、イク……いいの、俊則さん、いい、イクのおおっ」

肉壁が精を求めて四方から締めてくる。その蠕動に促され、射精してしまう前に、俊則はペニスを引き抜いた。

友代が笑顔を浮かべて、口を開いている。

俊則はためらうことなく、そこに男根を突き入れる。

「ああ、出るっ……出ますっ」

ペニスを咥えたとたん、友代の全身が痙攣した。

友代の桃色の唇から、本気汁のからみついた男根がはみ出ていた。唇の隙間から、むわっと牡の臭いが立ちこめる。

「んふっ……んんっ……」

友代が喉を鳴らして、白濁液を飲み下していた。

鼻から漏れ出る吐息は荒くなり、目は酩酊《めいてい》したようにトロンとしている。

「友代さん……おお、おお、気持ちいい……」

俊則は、友代の汗で頬に貼りついた髪をうしろへと流してやりながら、精が放たれるたびに口をすぼませて飲みつづける姿を見つめていた。

牡の欲望の最後の一滴を飲みこむと——身を震わせ、友代はまた気を失った。

6

そのあと、俊則は友代を腕に抱いたまま眠った。

朝、起きると腕の中に友代がいるはずだった。

しかし、姿はなく、荷物も残っていなかった。部屋のキーの下に、宿代の半分と、ホテル備えつけのメモにしたためた書き置きがあった。

俊則さんへ
素敵な夜だったから、別れがつらくなりそうです。私は先に出ます。思い出をありがとう。
いい旅をしてくださいね。

友代

彼女らしい、端正な文字だった。

思い出だけを残して、彼女は行ってしまった。

メモを見つめているうちに、涙がにじんできた。

もう一度、友代に会いたい。抱きたいからではない。それだけではない。

ひと晩だけの恋が、運命の恋だったのだ。

しかし、運命の人を探すための手がかりはない。

知っているのは、友代、田原友代という名前と――彼女の好きな旅先だけ。

叶いそうにない恋心をかかえて、俊則はベッドの上にうずくまった。

友代の肌を思い起こさせる、ラベンダーの香りを胸いっぱいに吸って――泣いた。


それから一年たった。俊則は社会人になってはじめての夏休みを、友代が好きだと言った場所をめぐる旅に費やすことにしたのだ。

ムーンライトながらの指定席に座った俊則は、あたりを見まわしたが、友代らしい女性は見つからなかった。明日も早いし、かなり動く。岐阜で一度降りて、金神社に行ってからモーニング、それから東海道本線《とうかいどうほんせん》で移動して湖西線に乗る予定だ。

(でも、いつか……逢えたらいいな)

そう思いながら、俊則はアイマスクとネックピローをつけて、眠りに落ちた。

第二章　美人上司のオフモード

1

ムーンライトながらから岐阜で下車して、俊則は金神社に参拝した。

それから、昨年も立ちよった岐阜の喫茶店でモーニングを食べる。エネルギーを補給したところで、東海道本線に乗って山科《やましな》まで出て、そして湖西線に乗り換えた。

比叡山坂本《ひえいざんさかもと》駅で降りて、まず日吉大社《ひよしたいしゃ》を参拝する。願うのは、友代との再会だ。

ここでは阿久津への土産として、神猿《まさる》のお守りを買った。方位除け、厄除け神社として名高い日吉大社で、魔除けとして扱われていたのが猿で「魔が去る」ことから「まさる」と名づけられたらしい。

――先輩、写真よろしくお願いしますよ。

日吉大社を参拝したあと、比叡山坂本駅近くの老舗《しにせ》蕎麦屋で蕎麦をすすっていた俊則のスマホに、阿久津からのＬＩＮＥが表示された。若干薄めの蕎麦つゆに関西らしさを感じながら天ざる蕎麦を堪能《たんのう》すると、俊則は阿久津に返信した。

――忘れてないよ。駅の写真を撮ればいいんだろ。

俊則と阿久津は大学も年齢も違うが、ウマがあった。

阿久津は鉄道旅の資金作りのために時給のいい引っ越しのバイトを選んだそうだ。

彼とのつきあいは、俊則がバイトをやめ、社会人になったあとも続いている。

(今回も阿久津のおかげで旅程が簡単にできたから、恩は返さないとな)

琵琶湖をめぐることにしたのは、友代が湖西線の旅が好きだと言っていたのもある。

それと、俊則の仕事の関係もあった。

俊則が入社したのはミッドサマーシステムズという会社で、ゲームアプリ開発などがメインだ。ゲーム会社の社員は、とにかく立たない、動かない。ずっと座ってモニターに向かっている。

若くして健康を害する社員が続出したことで、社長は働きかたの改革が必要だと考えた。そこで、親戚が持てあましていた奥多摩《おくたま》の空き家を借りあげて、リモートワーク用の事務所にしたところ、作業効率があがり、営業成績アップ、社員の健康増進に繫がった。

そのことが業界に口コミでひろがり、ほかの会社からもリモートワークの拠点を紹介してくれと頼まれるようになったのだ。そこで、社長は物件を見つけてリモートワークするスポットを貸し出す事業をはじめることにした。

俊則はその部門専門の企画営業社員になっていた。チームは五人。

チームリーダーは不動産会社から転職してきた芳賀綾美《はがあやみ》という三十歳の女性だ。

（課長のことを思い出したら、頭が痛くなるな）

不動産系からゲーム会社に転職するだけあって、ガジェット好きかつ合理的思考の持ち主で、助言は適確だが、ちょっとキツい。同僚がチームミーティングのあとに、うっすら涙を浮かべながら胃薬を流しこむ様子を俊則もよく見ていた。

今回、リモートワークの候補スポットとして、琵琶湖の和邇《わに》が候補にあがっていた。なので、友代の好きな旅先をめぐる旅に加えて、俊則は下見をすることにしたのだ。今後、出張で来ることもあるだろう。しかし、オフの時間にじっくり見て歩くと解放感があって土地の良さが見える気がした。

せっかく顧客に紹介するのなら、自分の目でその土地を見ておきたかった。

（ここが、友代さんが好きだって言っていた駅か）

比叡山坂本駅から徒歩十分ほどのところに、比叡山鉄道の坂本ケーブルカーの駅があった。昭和二年に施設された駅舎は、登録有形文化財になっているだけあって、レトロで趣《おもむき》がある。

駅舎の中はぬくもりのある緑色に塗られた木のベンチと、アイボリーに近い色の壁で構成されている。六角形の柱や壁の下半分はベンチと同じ緑に塗られていた。

（たしかに、友代さんはこういうのが好きそうだな）

俊則は、財布の入ったポケットに手をやった。財布には、友代の書き置きが入れてある。こうしていると、友代といっしょに旅行に来ているような気分になれた。

（おっと、忘れちゃダメだな）

俊則はスマホで写真を撮った。ちょうど、山からケーブルカーが下りてきた。ケーブルカーは単線なので、山からの客が降りたら入れ替わりに乗ることになっている。

乗車前の少しの時間を、俊則は撮影にあてた。

観光客が多いので、苦心しながら撮影していると、

「あら、近江君、珍しいところで会いますね」

と、聞きなれた声がした。背すじが粟立つ。俊則は恐るおそる、ふり返った。

目の前に、上司の芳賀綾美が立っていた。山から下りてきたケーブルカーに乗っていたようだ。

トレードマークである黒縁の大きな眼鏡に指をそえて、位置を直している。

「課長！　お、お疲れ様です」

どうしてここに彼女がいるのか。もしかして、俊則と同じ目的なのだろうか。

俊則は慌てて綾美に頭を下げた。そのとき、バックパックにつけていた幸福切符のキーホルダーのストラップがとれ、床に落ちた。

それを、綾美が拾ってしげしげと眺める。

「珍しいものをお持ちですね」

そう言って、ストラップを返してきた。

「それにお疲れ様って、いまはお互いにオフです。別に仕事で来ているわけじゃないのですから、そんな挨拶はしなくてもいいです。それでは」

そう言い残すと、綾美は俊則の横を通りすぎて、駅を出ていった。

会社にいるときは、シャツにパンツスタイルと隙のないスタイルだが、今日の綾美はウエストをベルトで絞ったロングワンピースに、大きな麦わら帽子、そして歩きやすそうなサンダルスタイルだ。レースの日傘が避暑地に来ているようなリゾートスタイルによく似合っていた。

(びっくりした……まさか課長とこんなところで会うなんて)

比叡山延暦寺《えんりやくじ》に至るまでに思いがけない出会いがあったが、そこからは頭を切りかえて、ケーブルカーに乗って参拝した。時間がないので、比叡山は東塔《とうどう》だけにして下山する。

それから、もうひとつの目的地である和邇へと向かった。湖西線は友代が絶賛するだけあって、眺めがいい。線路のすぐ向こうには琵琶湖がひろがり、湖面に青空を映してきらめいていた。

(リモートワーク候補地に和邇をあげたのは課長だったかな……たしかに、ここはいい。落ち着いた雰囲気があるけど、退屈しなさそうだ)

電車が和邇駅に着いたので降りた。

駅から少し歩いて、街の様子を見た。スーパー、病院――。

とりあえずリモートワーク生活に必要なものはそろっている。サイクリングロードも近く、運動不足の解消にはもってこいだろう。大阪から快速で一時間で来られるのも魅力的だ。琵琶湖が間近なのもいい。

眺望やサイクリングロードなどの写真を撮って、俊則はまた湖西線に乗った。

和邇で一時間ほど動いたので、電車に揺られていると眠気がやってくる。

しかし、眠るにはもったいない眺望だ。海のように広く、深い藍色を湛《たた》えた琵琶湖と、その向こうに見える緑の山々。東京の車窓では見ることのできない景色だ。遠くに小さな島影が見えた。

(あっ、あの島は……)

たしか、琵琶湖のパワースポット竹生島《ちくぶしま》だ。

(いつか――二人であの島に行きたいな)

そう思いながら、俊則は竹生島を眺めた。

2

(友代さんとの再会をお願いしたはずが……なぜ……どうして……)

寺社仏閣めぐりのご利益はあったようだが――俊則の思惑《おもわく》とはかなり違う。

芳賀綾美は眼鏡をはずしていた。

形の整った眉に、通った鼻すじ。細筆をすっと流したようなシャープな双眸の中に大きな黒目がある。綾美は、黒縁の眼鏡で隠されていた美貌を俊則に見せていた。

それも、フェラチオをしながら。

俊則は、どうしてこうなったかをふり返っていた。

ホテルに着いた俊則はチェックインを無事済ませ、汗を流すべくシャワーを浴びた。

そして、夕食は駅から五分ほどのところにある長浜《ながはま》駅の名所、黒壁《くろかべ》スクエアに出向き、そこで長浜名物の鯖そうめんと、鯖寿司を堪能した。

甘く煮こんだ焼鯖と、味がしみこんだそうめんは日本酒に合う味だった。地元の人は鯖そうめんをおかずとして食べるようだが、俊則は酒のつまみとして楽しんだ。

ほろ酔い気分でホテルに戻り、受付で鍵を受け取ると、声をかけられた。

「偶然にしてはできすぎね。誰かから私が旅行に来ると聞いたのかしら」

その声で、俊則の酔いが一気にさめる。

ふり返ると、ミニスーツケースを引いた芳賀綾美が立っていた。

「課長も、今日はここに泊まるんですか」

「休日も課長だなんて呼ばれたくないですね。芳賀さんでいいです」

「す、すみませんでした」

と言って、硬直した俊則の肩に、綾美の手が置かれた。

「単に休みで来ていたわけじゃないんでしょう？　ここまで来て、和邇を素通りするはずがないですから。よければ、私の部屋で話をしませんか」

綾美の部屋はツインルームで、俊則の部屋より広く、部屋には丸テーブルがあった。

椅子にかけるように促され、俊則は和邇で撮った写真などを交えて、綾美に説明した。休みの日に仕事の説明をさせて悪いと思ったのか、綾美はルームサービスでワインとチーズをとってくれた。湖西線の魅力、琵琶湖のプレゼンテーションスポットについて語りながら、綾美はワインをグイグイ飲んでいた。

「課長、ハイペースすぎませんか」

「いいでしょう、夏休みですからね。近江さんも飲みますか。滋賀のワイナリーはいい仕事をしています。とってもおいしいですよ」

上司に誘われては断りにくいし、地元産ワインに興味が湧いた。

綾美は酔いがまわるうちにハイペースになっていた。俊則もつられて、かなり飲んでしまった。ワインのボトルはあっという間にからになった。

結果——綾美が俊則の前で酔いつぶれていた。

髪を下ろした綾美は少しあどけなく見え、リゾートスタイルのふわっとしたワンピース姿のせいか、普段とのギャップにドギマギしてしまう。

(ベッドに寝かせて……僕も早く寝よう……)

綾美の腋の下に手を入れ、肩を貸しながら、ベッドへと向かった。

夜行列車からの岐阜モーニング、日吉大社、比叡山延暦寺参り、そして仕事の下見、綾美との情報交換――盛りだくさんすぎる一日は、体力自慢の俊則にとってもキツかった。疲労が重なったところに、飲みすぎが追い打ちをかけた。

綾美をベッドに横たえたとき、俊則もまたまぶたを閉じていた。

そして、心地よい感覚に襲われ、目を開くと――綾美が俊則の男根を咥えていた。

「か、課長、な、なにを……あっ……」

絶妙な舌遣いで裏スジを舐められ、ため息を漏らしてしまう。

綾美はフェラチオをしながら、手では陰嚢をやわらかくタッチしていた。

(すごいテクニックだ……)

すぼませた唇で亀頭を吸いながら、輪にした指で根元をリズミカルに締めてくる。

背すじを走る快感に、俊則は肩を震わせて何度もため息をついた。

「課長じゃないでしょ。綾美でしょ、啓介《けいすけ》くん」

――啓介?

どこかで聞いたことのある名前だが、チロチロと動く舌がもたらす快感と、ワインの酔いのせいで頭が働かない。

「僕は啓介じゃないですよ。近江としの……くうっ」

ジュビビッ！

綾美が肉竿を口いっぱいに含んで吸っていた。肉壺に挿入したときのような愉悦がやってきて、ペニスからは先走りがにじみ出る。

しかも、綾美はフェラをしながら、俊則のうしろのすぼまりにも愛撫を施していた。

「そっちは、ああっ……」

「啓ちゃん、好きでしょ、ここをこうされるの。ずっとしたかったんだからぁ……」

綾美がジュボ、ジュポッと音を立てて頭を上下させる。濃厚なフェラだけでも発射しそうなのに、うしろのほうもくすぐられると、俊則の射精欲が一気に高まった。

「そこ、汚いから、だめですっ、あああ、あああ……」

俊則は頭をのけぞらせて喘いだ。尻の穴からひろがるはじめての快感に、喘ぎ声が止まらない。

うしろ穴からの快感に加えて、陰嚢、肉竿への愛撫がもたらす愉悦に、俊則はヒクヒク腰を震わせ、なすがままとなっていた。

「課長、放してくださいっ……これじゃあ、僕、僕……」

酔った勢いでこうなったとはいえ、かなりまずい。人によってはおいしい状況に思えるのだろうが、上司と酔った勢いでこうなるのは、仕事に影響しそうで、喜びよりも戸惑いのほうがはるかに大きい。

（上司と部下だし、しかも課長は誰かと勘違いしているし）

同意なしの行為は、お互いにとってよくない。

見積の金額を間違えたときに綾美から投げかけられた氷のような視線。営業先からの帰り、俊則の拙い営業トークへのダメ出し……蛇ににらまれた蛙とはこういう心境なのか、と思うようなところまで俊則を追いこんだ綾美が、一夜明けて正気に戻ったときにどれほどの悪態をつき、俊則が夜逃げしたくなるような状況に追いこむかわからない。

「か、課長、お水を飲みましょうよ。そうしましょう。それから、啓介さんに連絡をとって迎えに来てもらいましょう。それがいいです！」

快感に溺れたい心に蓋をして、俊則は綾美に訴えかけた。

「啓介さん？　新婚旅行先のハワイ島に連絡できるわけがないでしょう。私だってそれくらいわかってるんだから。俺より仕事が好きなんだろって言って、私をフッたのあなたじゃない。フルタイムで働いてほしい、だけど残業も実績も俺より少ない控えめな子がいいって」

会社でプライベートな話をしたことがなかったので、この告白に俊則は驚いていた。

「あたしは啓ちゃんのこと、運命の人だって思ってたのよ。なのに、もう会いたくないって……そうだよね、できちゃった結婚したんだものね……」

聞きながら、俊則は「運命の人」という言葉に驚いていた。

なにかの偶然なのだろうか。

運命の人を探す自分が、運命の人と思った相手と別れた女性から愛撫を受けている。

「課長、課長しっかりしてくださいって……僕は近江俊則で、啓介って人じゃないですよ。ほら、あなたの部下の近江です」

俊則が綾美の頬に手をそえ、上を向かせる。

音を立てて、赤い唇から亀頭が滑り出た。唾液の糸を引きながら、唇がペニスから離れる。俊則はテーブルに行き、眼鏡をとると綾美にかけさせた。

「課長、僕ですって。思い出しましたか。お互いに酔ってたんですよ。だから、間違えちゃったんです。飲みすぎのせいですよ」

「近江くん……」

綾美の瞳孔が大きくなる。

「私、なんてことを……寂しいからって、部下にこんなことして……」

綾美から離れかけた俊則は、足を止めた。

寂しい——これも友代と交わした言葉だ。偶然がまた重なる。

しかし、こう重なると、偶然とは思えなくなる。

「僕も、旅に出て見知らぬ女性と一夜を過ごしたことがあります。ふだん抑えていたものが、きっと溢れちゃうんですよ、知らない人が相手だと……」

友代はなにをかかえていたのだろう。友代がかかえた寂しさのわけを深く聞かないまま、夢のような夜は終わりを告げた。再会できたなら、寂しさの理由を聞きたいと俊則は思った。

再会できるのなら——。

綾美は正気に戻ったようだ。俊則は綾美に背を向けると、上司の唾液で濡れたペニスをどうにかして下着におさめ、デニムのジッパーを上げようとしていた。

「近江君、いまから知らない人のふりをして……お願い」

綾美が抱きついてきた。背中に彼女の顔が当たる。

「知らない人のふりのまま、今晩だけいっしょにいて……」

背中が熱い。綾美の涙が俊則のシャツを、肌を濡らしていく。

(上司と部下だ。こんなの、よくないって)

俊則の理性が囁く。しかし、俊則の情の部分がそれに抗っていた。
涙を見て、それをふり払っていいのかと。友代がひと晩だけでも俊則を必要として
いたように、綾美もまた、俊則を――いや、快楽を必要としているのかもしれない。
泣いている人を、そのままにしちゃダメだ――。
俊則はふり向いた。
「わかりました……こうしましょう。これは今日だけの秘密……今晩だけは上司でも
部下でもない。ひと晩だけの秘密。終わったら、忘れましょう。それでいいですか」
綾美がうなずいた。
俊則は綾美の顎を指でつかみ、上向かせてキスをした。ついばむように唇を動かし
てから、綾美の口内に舌を押し入れる。
チュ……クチュ……チュ……。
ワインの味のキスをしながら、俊則は服を脱いでいった。
全裸になった俊則を見て、綾美が目をしばたたかせた。
「すごい体……筋肉質なのね……あなた」
綾美のデコレートされた指先が、俊則の肌を撫でる。大学では四年間、引越会社で
バイトした。引越会社を選んだのは、シフトを自由に組めるのと、日当がいいからだ

ったが、運よく腰を壊さずに続けた結果、ジムにせっせと通ったように引きしまった体となっていた。

「綾美さんはどうなんですか……僕に見せてください……」

俊則が綾美のワンピースを下ろす。すると、肩紐のないブラジャーが姿を現した。

乳房が、ブラジャーの上で盛りあがっている。俊則をフッた彼女はDカップだったが、彼女より大きい。Fカップだろうか。俊則がうしろに手をまわし、ホックをはずすと、職場の姿からは想像できないような豊満なバストが現れた。

ブラジャーから解放された乳房が、ふるっと揺れる。乳頭は少し濃い色で、大人の雰囲気をふりまいていた。俊則は、思わずつばを飲みこんだ。

(巨乳だ……ギャップにクラクラくる……)

ペニスは反り返り、渇望の雫で先端を濡らしていた。

そのままワンピースを脱がせようとすると、綾美が微笑んで後ずさる。

「服を着たままましましょうよ……私、そういうのが好きなの」

綾美が上半身裸で、腰から下にワンピースをつけたまま艶然と微笑んだ。

「いやらしくて、いいですね……」

俊則は綾美を押し倒した。

唇を重ねながら、片手で乳房を揉み、片手はさらに下へと動かしていく。上半身は裸、下半身は着衣のまま、というシチュエーションははじめてで、俊則は燃えていた。ロングスカートをたくしあげ、太股に触れる。綾美はストッキングを穿いていた。スカートをめくって、俊則は目を見張った。

「下着……つけてないんですか」

透明に近いストッキングの下に、陰毛が透けている。

「夏にストッキングを穿くと蒸れちゃうから……穿かないの」

俊則に愛撫をしたときに感じていたのだろう。ストッキングの股部分は、夜露に濡れた蜘蛛の糸のように光っている。俊則は、秘所に直接触れようと、指をストッキングの腰部分にかけたのだが——。

「そのまま、舐めて……」

眼鏡をかけたままの綾美がベッドの上で大股を開いた。そして、太股を自らかかえて、濃いめの陰毛に覆われた秘所をあらわにする。

ストッキングの布地で押された肉ビラや陰毛は、直《じか》に見るよりも卑猥だった。

（こんなにエッチな人、はじめてだ……）

職場にいるときの綾美は、性の話題をしようものならぴしゃりとはねつけそうな雰囲気の持ち主だ。しかし、いまの綾美は悦楽に貪欲だった。

あまりに淫らな姿に俊則は堪えきれず、ストッキングの上から秘所にむしゃぶりついた。

「あぅっ……はぅっ……」

布地越しでも、芯芽が硬くなっているのがわかる。舌でとがったそこをつつきながら、繊維からにじみ出る愛液をすすった。

ジュルッ、ジュッ、ズゾゾゾッ……。

音は直に舌で愛撫するときよりも卑猥なものになっていた。

「ああ、いい。もっと、もっと舐めてぇっ……」

綾美が乳房を揉みしだきながら、腰をくねらせる。

あられもない姿をさらしているのがお堅い上司なのだから、俊則の驚きは大きい。

しかし、ギャップを感じるほど、興奮は増していく。ペニスの切っ先から溢れた渇望の雫は、肉竿を伝って陰嚢を濡らすほどだ。

縦スジをなぞるように、しきりに舌を上下させ、肉ビラを舐めていると——。

「普通のセックスじゃ我慢できない体にしておいて……ひどいわ、啓介ったら……寂しくて、道具を旅行に持ってきてオナニーするくらいになっちゃったのよ」

綾美が鼻声になっていた。別れた男とどんな関係だったかはわからないが、俊則の知る恋人同士とは違うようだ。道具を使ったセックスをするなんて、アダルトビデオの世界だけだと思っていたので、俊則は目眩《めまい》がした。

(どうしたら、そういうことを教えた男を忘れられるようになるんだ……)

普通のセックスでは物足りない体となり、欲望を持てあましつづける綾美を思うと胸が痛んだ。

欲情と、見知らぬ男への怒りが俊則の中に満ちてくる。

「だったら、僕が普通以上のセックスしてあげますよ」

自信はなかったが、そう口走っていた。

綾美のストッキングを一気に脱がせ、濡れて色の変わった股の部分が綾美によく見えるように左右にくつろげた。牝の香りがそこから立ちのぼる。

「普通じゃないのがお望みですよね」

俊則が綾美の目を見てそう言うと、綾美がゆっくりとうなずいた。

ストッキングの股部分を上司の口もとにかませて、うしろで一度結ぶ。それから、ストッキングの両端を綾美の手首にそれぞれ巻いて、縛った。

「うふう……」

ストッキングは伸縮性があるとはいえ、綾美は両腕を掲げたままになる。腕を動かせても乳房くらいまでだろう。口を封じられ、拘束されたとたん、彩美の秘所から溢れる愛液が濃くなった。

「本気汁ですね」

スマホを取り出して、懐中電灯モードにする。

光に照らされた綾美の肉ビラは、薔薇のように肉厚で色が濃い。それを縁取る陰毛は、肌の白さと強い対比をなす漆黒だった。秘唇からは白濁した愛液がにじんでいる。

「うう……あうっ……」

声を出せない状況で視姦されて、綾美の乳先が揺れた。乳頭は愛撫を求めるようにキリッと屹立している。明らかに興奮が深まったようだ。

「道具って言ってましたよね。使わせてもらいますよ」

綾美のスーツケースをベッドの横に持ってきて開く。几帳面な綾美らしく、荷物はすべてポーチでまとめられていた。衣類、パソコン類、化粧ポーチ……その中に、二十センチ四方のポーチがあった。手にとっただけで、中になにが入っているかわかる。

「うう……」

綾美がうめく。しかし、口もとからはよだれが垂れ、愛液も量を増している。俊則はゆっくりとポーチのジッパーを下ろした。時間をかけることで、綾美の興奮を高めるのが狙いだ。

「こんなにスケべな道具だらけのポーチを持って旅行していたんですか」

中には、男根をかたどった極太のバイブと、ペンのように細身のバイブ、ピンクローターに使い捨ての浣腸、そしてローションまで入っている。

「ずいぶんと淫乱な体なんですね」

とは言ってみたものの、なにをどう、どの順番で使うか、まったく見当がつかない。俊則がすぐに使えそうなのは、ピンクローターと極太のバイブぐらいだ。早速スイッチを入れると、ローターが振動する。俊則は綾美の目の前にローターを垂らした。

「自分でしたいですか」

綾美がコクコクうなずいて、ローターに手を伸ばす。それをつかんで秘所に当てようとするが、ストッキングがいくら伸びるといっても限界がある。秘所のそばまでローターは来るが、綾美が望む場所に押しあてることができない。

「くうう……ううう……」

整った鼻梁から、せつなげなため息が漏れた。黒縁眼鏡の向こうから、潤んだ黒目が哀願するように俊則を見ている。俊則はローターを綾美の代わりに持つと、クリトリスに押しあてた。

「おほ、おおおっ」

綾美の反応は激しい。首をのけぞらせ、全身を震わせている。

秘唇が物欲しげにヒクついていたので、俊則は極太バイブを根元まで挿入した。

「ひゃうっ……い、いい……ひくううっ」

ベッドの上で、上司が両足をピンと伸ばした。腰を震わせ、下腹がせわしなく上下している。

もわっと湯気を立てて、小水が少し漏れ出た。

(道具を挿れられただけで、すごいイキかただ)

感じすぎて漏らす姿を見られた綾美は、顔を真っ赤にしていた。

おぼろげながら、啓介という男がどんなセックスをしていたのか見えてきた。

道具を使いまくったうえで、貫くのだろう。

もしかしたら、綾美は本気だったのかもしれないが、啓介という男にとって綾美は啓介の性癖のはけ口だったのかもしれない。

本命にはできないプレイを、そうではない相手には試す。そんな男もいる。

(忘れさせないと、課長はその男に囚われたままだ)

俊則は綾美を見つめた。ピンクローターの振動に歓喜し、極太バイブの愉悦に腰をくねらせ、ストッキングで塞がれた口からは艶やかな声を漏らしている。

俊則はペニスをしごくと、極太バイブを引き抜いた。淫水の匂いをふりまきながら、バイブがベッドの上に転がる。俊則はクリトリスにローターを押しあてたまま、男根を蜜口にぶちこんだ。

「ふ、ふほぃっ……」

綾美がのけぞった。子宮口を目指して、男根を一気に挿れたのだ。極太バイブを咥えたばかりだったので、中はたっぷり潤んでいた。お互いの陰毛が擦れ合うほど密着すると、グチュと音が立つ。

綾美も感じているようだが、俊則もため息が漏れるほど感じていた。

（やばい……ローターの振動がこっちにまで伝わる）

蜜口の真上に押しつけられたローターの震えが、ペニスに愉悦を送ってきていた。道具を使ってのセックスははじめてなので、このような振動を味わった経験がない。未体験の快感で、男根の先走りが増している。

（どうせ出すなら、これでイカせてからだ……）

俊則は綾美の右足を挟むようにして膝をつき、右手でクリトリスにローターを当てたまま律動をはじめた。道具を使ったプレイに慣れた綾美が、正常位で感じるとは思えず、松葉崩しにしたのだ。

「はうっ……あんっ……」

腰をくり出すたびに、綾美の両腕が跳ねる。腕がひろがると、顔に巻かれたストッキングが肌に食いこみ、眼鏡をかけた美貌が淫蕩に乱れていった。

オフィスでの綾美とのギャップが大きくなればなるほど、俊則の興奮は強くなる。

パンパンパンッ！

結合部から派手な音を立てながら、ハードなピストンをくり出す。

「ふうっ、ふんん、あんんっ」

目に見えぬ快楽をつかむように、綾美の手が虚空をさまよう。

「おとなしくしてないと、顔にストッキングが食いこみますよ。そんな顔になったあなたを撮って、職場のみんなに見せようかな……」

綾美が目を見開いて、首を小刻みにふる。汗で眼鏡が鼻までずれていた。

俊則は眼鏡がずり落ちろと言わんばかりに、強く腰をくり出した。

ジュ、ジュルッ……パンパンパンッッ！

腰を大胆に動かすたび、綾美は拘束された両手をくねらせようとするが、俊則の言葉で必死に堪えているようだった。

「いい子だ。撮られるのがいやなら、おとなしく犯されてくださいよ」

俊則には撮影する気などさらさらない。ただ、言葉で羞恥心をくすぐっただけだ。

道具を駆使するような男なら、言葉でいじめるのをプレイに織りこんだような気がして、俊則はやってみたのだが——予想どおりだったらしい。

綾美の愛液の粘りが強くなり、すりおろした山芋のようになっている。

「どうです、クリトリスとオマ×コを犯された感想は」

こんなこと言うなんて、我ながらどうかしていると思う。でも、これくらい強烈な言葉を使わなければ、綾美をこんなふうにした男を忘れさせられそうにない。

(こんな失礼なことを言うのは今晩だけだ)

そう誓いながら、下りてきた子宮めがけてピストンをくり返す。

シーツには愛液の飛沫がつき、ベッドは子どもがおねしょをしたように濡れていた。

「いい……いいのぉ……でも……」

眉をひそめた綾美が、ベッドの上にひろげられた性具ポーチを見た。そこには、細い鞭のようなバイブが残っていた。

「お尻も……ほかひて……」

俊則は耳を疑った。

お尻も犯して――。

上司は、たしかにそう言った。それも、甘えきった声で。

（いったいどんなプレイしてたんだよ、啓介……）

軽く目眩がした。しかし、乗りかかった船だ。無視することはできない。

律動しながら、どうやって使うか思い出そうとする。

（アダルトビデオで、お尻でプレイしてたのあったよな……）

たしか、お尻に挿入する前にローションをかけていたはずだ。俊則はゆっくりとローションを手にとり、蓋をはずすと、ポーチの中に置いたままのアナルバイブにそれをかけた。ピンク色のローションがバイブの先端をたっぷり濡らす。それから、俊則はバイブを持った。

「こっちで咥えながら、お尻でも咥えたいなんて、欲ばりですね……」

そう言って、ペニスをグイグイと奥にねじこむ。亀頭を子宮口に押しあてると、綾美は太股を震わせた。ローターもクリトリスに当てたままなので、相当な快感を覚えているのだろう。

「ひく……ひくうう……」

これだけで達しそうだが、まだ足りないとは——。

貪欲さに驚きながら、俊則はアナルバイブを後穴に当て、慎重に押し入れる。すぼまった肛門はすぐに開き、慣れた様子でバイブを咥えはじめた。

「ほおお……おおおお……」

挿入が進むとともに、綾美の様子がおかしくなる。汗まみれの上半身はさっと刷毛《はけ》で掃いたように薄紅に染まった。知的な口もとにストッキングが食いこみ、SMビデオのパッケージで見たM女性のようになっていた。

（えっ……お尻に挿れると、こっちもよくなるんだ……）

俊則の背すじに鮮烈な快感が走った。綾美の前のほうから伝わる振動の快感に加え、肛道を進むバイブの圧迫感がペニスを刺激する。

未知の快感に、俊則もため息をついた。

「いい、ひく……ひきそう……」

しかも、快感という快感を味わった綾美の肉壺の締まりは大胆さを増し、吐精を促すようにダイナミックに蠕動している。

「我慢できない……どっちで欲しいですか……中、それとも口……」

俊則は射精に向けたラッシュを上司の蜜壺に放った。結合部から破裂音を立てながら、綾美の内奥を押しあげる。後穴の圧迫と女芯からの振動で、俊則の射精欲はとてつもなく高まっていた。

できるなら、中に出したい。しかし、どっちで出すかは綾美に決めさせよう。

綾美が恋人との思い出をふりきるためのセックスなのだから——。

「ひょ、ひょうほうにほひい……ほひいのぉっ……」

意外な答えに、俊則は当惑しつつも望みを叶えることにした。

「欲ばりですね……じゃあ、望みどおり、どっちも犯してあげます、ほら、ほらっ」

パンパンパンパンッ！

肉鼓の音を立て、派手に律動する。それに合わせて尻から突き出たバイブの柄をつかむと、リズムを合わせて抜き差しさせた。

「ふうっ……い、いい……イックウウうっ！」

綾美が絶叫する。

ストッキングで遮られてなければ、周囲の部屋に聞こえたかもしれない。

それほどの大声だった。そして、肩を引いて、大きく弓なりになる。

蜜肉の締めつけもこれまでにないものとなり、俊則も限界を迎えた。

「いくぞ……出るっ」

俊則は欲望を熱い肉壺の中に放出させた。

ドピュッ、ピュルルルッ！

聞こえるはずのない音を感じるほど、激しい吐精だった。

「ふううっ……熱いので、またイクッ……」

綾美の細い背中が跳ねる。媚肉に精液を浴びて、また達したらしい。

この潤み肉から引き抜くのは名残惜しかったが、綾美の望みどおり、俊則はペニスを引き抜き、上司の口もとに近づける。その途中で堪えきれなかった精液が飛び散った。

「ほら、口でも味わうんだ……」

俊則はストッキングをとってやり、開いた綾美の口内に欲望汁を注ぎこんだ。

綾美は口もとをほころばせながら、精液を味わっていた。

トレードマークの黒縁眼鏡のレンズに、精液の飛沫をつけたまま──。

3

シャワーを浴びた俊則を、バスローブ姿の綾美が待っていた。

「また、ルームサービス頼んじゃった」

綾美はベッドでワインを飲んでいた。ストッキングをはずしたが、顔にはまだ食いこんだあとが残っていて、行為の激しさを物語っている。この顔でルームサービスを受け取ったのか、と思って俊則は驚いたが、綾美は平然としている。

「あの……飲みすぎじゃないですか」

バスローブを着た俊則が、上司の隣に横たわった。

先ほど痴態をくりひろげたベッドの上には、使ったままの淫具が散らばったままだ。

(さっきはすごいことしちゃったな。一生懸命やったけど、あれでよかったのかな)

自信たっぷりのふりをしたが、俊則にとってもはじめての経験だったので、綾美の満足いく行為だったか考えてしまう。

「この夜のこと、忘れなきゃいけないでしょ。だから、飲むの」

綾美がグラスを空にした。

「……忘れたほうがいいと思いますけど。でも、飲みすぎはよくないですよ」

「淫乱だと思った?」

綾美が俊則の肩に頭を預けた。

「いえ……それは、人それぞれだし……」

「啓介が最初に教えてくれたの。だけど、私がやみつきになって、もっともっとって求めたら……怖くなっちゃったみたい。逃げられちゃった」

「それはその男が悪いですよ。自分ではじめたのに……」

「もう、どうでもいい。啓介は私の運命の人じゃなかった。それだけ」

綾美はそう言っているが、遠くを見ている瞳の奥には、まだ誰かが居座っているように思えた。

「あなた、私の運命の人かな」

「えっ、僕は……僕には……」

「嘘。いるんでしょ、運命の人。彼女?」

「どうしてそれを……」

「財布から手紙を出して眺めてはため息ついてるんだもの。誰にでもわかりますよ」

バレていたのか——。

俊則は顔を赤くした。

「さっき、あんなエッチなことしたのに赤くなって。純情なのかエッチなのか、不思議な人ね。職場だと真面目が取り柄って感じなのに」

綾美がそこまで観察していたことに俊則は驚いた。

綾美は職場では仕事以外の会話を交わさない。同僚に必要以上の関心を持たないようにしていると思っていたのだが――。

「職場の話はしないでくださいよ……僕だって、課長がこんな……」

と言いかけた俊則の唇に、綾美が人さし指を押しあてた。

「しーっ。課長はやめて……照れくさいから。いまは綾美……ただの綾美なの」

それからバスローブの紐をほどいて、裸身をあらわにした。

「純情じゃないほうのあなたを、もう一度見せてほしい」

綾美は眼鏡に手をそえ、くいっと位置を直した。

「あっ、それとらなかったんですか」

眼鏡には、白い飛沫がついたままだ。

「だって、エッチな模様のついた眼鏡をつけると、とってもいやらしい気持ちになれるんだもの。いいでしょう、こういうの。私は好きよ」

綾美が舌を伸ばして、俊則の乳首を舐めてきた。正直、くすぐったい。しかし、舐めて、しゃぶられるうちに、奇妙な感覚が芽生えてきた。

(気持ちいい……ああ……これは……)

背すじがゾクゾクする。まだ触れられてもいないのに、ペニスが上を向き、みるみるうちに反り返る。

「あなたって感度がいいのね……思ったとおり」

綾美が体を離すと、ローションをとって指につけた。

「素敵なことをしてくれた、お礼」

俊則をベッドに押し倒すと、綾美はバスローブを脱いだ。そして、俊則の股間のほうに頭を向け、長い足で俊則の顔をまたぐ。

目の前に、ボディーソープの香りをふりまく淫花が咲いた。

縦スジからは、透明な愛液がすでに湧いてきている。

「お礼って、僕も気持ちよかったからいいです……あ、あうっ？」

俊則の尻穴が濡れた薬指でくすぐられた。

そういえば、情事の前に、フェラされながらお尻をいじられた。まさか——。

そう思ったときに、肛門を割って薬指が入ってきた。

「おお……」

思ったより不快ではなかった。汚い部分を触らせてしまったと思ったので、さっきの情事のあとに、肛門もきれいに洗っていた。だから、俊則も今回は少し落ち着いていられる。

「上手ね……体の力を抜いて……そうよ……」

円を描くように指が動いて、肛門を刺激していく。ペニスの先に、綾美の紡錘形の乳房が当たり、こちらからも快感がやってくる。綾美に愛撫されるうちに、俊則の欲望にも火がついた。さっきさんざんペニスでかき乱した蜜穴に、指を二本挿入する。

「ふうんっ……」

綾美が双臀をヒクつかせた。熱く粘り気の少ない液体が溢れてきた。臭いが少ないところからすると、中出し後に、入念にシャワーで洗ったようだ。俊則は指を抜き差しさせながら、溢れる愛液を舌で舐めとった。

ジュビッ……ジュビビビビッ……。

俊則が淫水をすする音が部屋にこだまする。

「ああん、そんなふうにされたら、もっとお礼したくなっちゃうっ」

綾美が鼻にかかった声でそういうと、ペニスを咥えた。喉奥深くまで咥えると、ジュボジュボッと音を立てながら、頭を上下させる。

その間も、肛門に挿入した指をくりくり動かしつづけていた。

(うっ……な、なんだ、この感覚……)

射精まで余裕があるのだが——射精しているような錯覚に襲われる。

「おおう」

腰が跳ね、息が苦しくなる。綾美が指を動かすたび、肛門内の絶妙な位置が刺激され、そこから頭が真っ白になりそうな快感が押しよせてきた。

「出る。出そうですっ」

「大丈夫よ、出ないまま、何度でもイケるから。いま、前立腺をいじってるの」

綾美はそう言うと、亀頭を咥えて、エラを舌で刺激してきた。

(これ、もしかして前立腺マッサージってやつか)

綾美相手にハードなプレイをした男なら、これを教えるのはおかしくない。それとも、探究心ゆたかな綾美がみずから習得したのだろうか。

どちらにしろ、また未知の快感を俊則は味わっていた。

「ここでしょ、君が弱いのは」

指が少し動いただけで、腰がビクンと跳ねた。射精した——そう思ったのだが、ペニスのほうにその感覚はない。

「もう何回も射精したような気分です……すごい……」

俊則はベッドから下りて、綾美を抱きあげた。

「前立腺マッサージもいいけど、僕は綾美さんの中でイキたいんです」

えっ、あっ、と綾美はうろたえている。引越会社で鍛えたので、女性一人をお姫様だっこするのは楽勝だ。

前立腺マッサージしてもらったのだから、お返しはハードなプレイにしようと俊則は決めていた。抱きあげたときに、さりげなくローションも持った。

そして、俊則は丸テーブルの前に綾美を下ろし、テーブルに手をつかせると、尻を突き出させた。綾美の正面には、部屋に備えつけてある楕円の大きな鏡がある。それが見える位置に陣取らせると、俊則は自分のバスローブの紐を抜き取り、綾美の両手を縛る。

「さっき何回もイッたから私はいいの。次はあなたを気持ちよくする番なの……」

「イクなら二人でイキましょうよ。そのほうが気持ちいいでしょ」

俊則は亀頭で縦スジを撫であげる。潤みきった淫花が亀頭を咥えようとヒクつくと、そこからはずして切っ先を芯芽に当てた。

「うひっ……挿れてぇ……お預けしないで……」

綾美は快感に貪欲なだけに、焦らされるのに弱いようだ。

たわわな尻を8の字にふりながら、挿入を求めてくる。俊則は尻が突き出されるたびに、腰を引いて逃げまわる。

「欲しいの……はやくううっ……」

快感を求めて綾美が己をまさぐるために手を下ろそうとするが、俊則が縛《いまし》めた紐をつかんで阻止する。白い肌に汗の玉が浮いた。

「ひどい、ひどい……あん、あんっ……」

俊則は秘所への愛撫も亀頭でつつくだけにとどめ、とにかく焦らしていた。

それだけで、形のよい太股に濃厚な愛液が幾すじも伝っていく。

喘ぎつづける綾美の唇から垂れたよだれがテーブルに小さな水たまりを作っていた。

「近江くんっ、が、我慢できないのっ。お願い、オマ×コにぶちこんでぇっ」

背中に汗を浮かせ、欲望に燃えた綾美が叫ぶ。

(いまだ……)

俊則は秘所に男根を押し入れ、一気に奥深くまで突く。

焦らされて火照りきった綾美の子宮は快楽を求めて下りていた。俊則が腰をくり出すとともに、亀頭に子宮口が当たる。

「あひ……イイッ、イイッ……んんっ」

綾美は望んでいた愉悦の到来に、歓喜の声をあげる。だが、あまりにも声が大きすぎたので、俊則は綾美の顎をつかんでうしろを向かせると、口づけた。舌を口内に押し入れ、喘ぎ声を呑みこむ。唇を重ねたまま俊則は腰を大きくふった。

「はふっ、むっ、ちゅっ……ふううっ」

声を封じるために、焦って口づけたのだが、それが綾美を興奮させたらしい。俊則の律動に合わせて、腰を激しくふってくる。

(すっごい動きだ。しかも、あの余韻のせいで、すぐに出ちゃうそうだ)

前立腺マッサージが効いていた。腰をふるたびに痺れるような快感が体内に響き、射精を促してくる。綾美の気をそらしてどうにかしないと——そこで俊則は、真正面にある鏡に気づいた。

「課長……鏡にエロい姿が映ってますよ」

会社での役職名で呼ばれ、綾美の相貌から淫らな表情が消える。そして正面にある鏡に目をやると、あっ、と声をあげた。テーブルの上に手をつき、巨乳を揺らしながら背後から貫かれる己の姿を見たのだ。

その瞬間、肉壺がキュンと締まった。

「課長がこんなふうにされてるの、会社のみんなに見せてやりたいな」

俊則がバックから責めたてると、つなぎ目からパンパンッと破裂音が立つ。白濁した愛液は、腰がぶつかるたびに跳ねあがり、俊則の顔につくほどだ。

「その呼びかたはだめぇ……」

しかし、愉悦の汗が浮いた背中のなまめかしい動きや、肉竿をくるむ膣のうねりから、課長と呼ばれるたびに快感が深まっていると俊則は感じていた。

（もっと感じさせるには……）

俊則は綾美の太股をかかえて、持ちあげた。

綾美は俊則の筋肉質の胸に背中を預け、足を開いたまま貫かれている。

「あひっ……ひいいいいっ……」

M字開脚させて、結合部を鏡に見せながら上下動した。腰と足にくる体位だが、引越会社で鍛えた足腰のおかげで俊則は難なくできる。

「あっ……いい、いい、すごいのっ、いいのっ」

子宮口が亀頭に当たりつづける深い結合に、綾美はあられもなく喘ぎつづけた。

「声が大きいですよ」

律動しながら俊則が囁くと、綾美は縛められたまま口を押さえた。

「課長のさかりのついた声でまわりの部屋の人が興奮したら、どう責任とるつもりですか」

綾美は首をかすかにふったが、頬は赤く染まり、蜜壺の締まりはキツくなっている。

「課長のオマ×コが僕のチ×ポをしっかり咥えてる。それが思いっきり鏡に映ってますよ。真っ赤になったビラビラが白いよだれ垂らして、おいしい、おいしいって言ってる。いやらしいな」

俊則は耳たぶに囁いた。そうしながら、ピストンのピッチをあげる。

ジュボッジュボッジュボッ！

愛液がすさまじく淫らな音を立てた。

激しい律動のたびに黒縁の眼鏡がずれていくのも、またいやらしい。

「お願い、言わないで……近江くん……あん、あんっ……」

痴女めいたさっきまでの姿もよかったが、恥ずかしさに身もだえながら、貫かれる姿も魅力的だ。素直に感じている今のほうが、綾美らしい気がする。

「課長、そう言いながら、目がオマ×コに釘づけじゃないですか」

愉悦で目もとを赤く染めた綾美の視線は、鏡に据えられていた。鏡に映る真っ赤な淫花と、それに突き刺さる赤黒い竿肉、そしてそこにからみつく蜜汁に熱い視線を注いでいる。

（視姦して感じてる……それは僕もいっしょか……）

俊則は、たまらなくなって振幅を大きくした。

グチュ、グチュニュチュッ！

音を立てて蜜汁が飛び散り、綾美の紡錘形の乳房が揺れる。

その姿をもっと間近で見たくなって、俊則は繋がったまま歩き出した。

歩かれるたびに、汗まみれの相貌をふって綾美が喘ぐ。ペニスを挿入したまま歩かれる快感は相当なものらしく、口を開いたまま綾美は何度も痙攣した。

「あひっ、ひぃいっ」

そのたびにペニスもキリキリと締めつけられ、背すじに射精欲が走る。

鏡に手をつかせると、俊則は綾美の足を下ろした。立ったままの後背位になり、思いっきりピストンをくり出す。

「あふっ、ひっ、イイッ、そ、そんなにかき混ぜられたら、も、燃えちゃうのっ」

首をふりながら切れぎれの声をあげる綾美の口から、糸を引いてよだれが垂れる。

なまめかしい上司の姿に、俊則の欲望はさらに強くなった。

破裂音をあげながら、双臀をわしづかみにして背後から挑みつづけた。

すると——。

（あれ……）

うしろ穴が愉悦を求めるように、ヒクついていた。

ペニスを突き入れるたびに、そちらもきゅっとすぼまる。バックで繋がっているので、その様子がよく見えた。

「いつも、アナルセックスもしてたんですか。課長、淫乱だな……」

そう囁くと、綾美が肩をふるわせた。

「してないっ。アヌスはいじるだけで、いつも挿れてくれなかったのぉ……私はぶちこんでほしかったのに……」

鏡に顔を押しあて、眼鏡をずりあげながら綾美が答えた。

「お尻は汚いって……自分はお尻をいじらせたくせに……」

そうつぶやいた綾美は寂しげだった。

たしかに、俊則もアナルセックスには抵抗がある。排泄の穴にペニスを挿れるのは経験のないことだし、そうしたいという欲求もない。しかし、自分は綾美に前立腺マッサージしてもらいながら、いざ挿入となると汚いと言うのは、卑怯な気がした。

「課長は、アナルバージンなんですね」

俊則は、綾美の耳に吐息をかけた。

淫らな行為を知りつくした綾美が、まだ知らないことがあることに、俊則は興奮していた。

切っ先が大きく反り返り、膣壁をグイグイ押しまくる。

「あうっ……か、課長はやめ……あんあんあんあんっ」

激しい律動と羞恥に、綾美はガクッとのけぞっていた。膣肉が痙攣し、軽く達したのを俊則はペニスで感じた。

「課長のアナルバージン、僕にくださいよ……」

パンパンパンッ！

綾美の尻たぼが波打つほど、強烈なピストンをくり出す。

「ああ、いい、いいわっ。犯して、綾美のアヌスも、オマ×コもっ」

綾美の膣肉が、キツく肉棒をくるんできた。

綾美が知的な眼鏡に精液の飛沫をつけたまま言い放つと、淫らさがきわだった。

「まずはオマ×コだ、おおおっ」

俊則の腰が跳ねた。ドクッと尿道口から欲望液が噴き出し、蜜壺を染めあげる。

「ひっ……いい、イクッ……中がいっぱいになるううっ」

綾美が全身を痙攣させながら、俊則の欲望を受け止めた。二度目の吐精だというのに、量は一度目以上で、結合部から溢れた白濁液が蜜口から床にしたたった。

数度に分けて注いで、ようやく吐出が終わる。

「あっ、あうん……」

結合をほどくと、綾美の膝から力が抜け、そのまま床に倒れそうになる。

俊則は綾美に手を貸してやり、テーブルの上に寝かせる。綾美は、テーブルの上でM字に足を開き、肩で息をしていた。

股間からむわっとする男の性臭をふりまきながら、快感の余韻に浸っている。汗で濡れた相貌から、綾美が眼鏡をはずそうとした。

「眼鏡をはずしたら、課長のエッチな姿が見えなくなっちゃいますよ」

俊則が鏡に目をやると、そこには白い太股と、赤く火照った淫花、そこから垂れ落ちる樹液が映っていた。その手を俊則が止める。

「課長はやめて……もう、恥ずかしいからぁ」

鼻にかかった甘え声からは、拒否している雰囲気はない。事実、課長と言われるたびに蜜壺が蠕動するのか、内奥から白い樹液がコポッと音を立てて溢れていた。

「課長……アナルバージン、僕にくれるんですよね」

俊則はテーブルに置いていたローションを手にとり、中身を手のひらに垂らした。そして、綾美のうしろ穴にたっぷりと塗る。

「してくれるの……」

「前もうしろも犯してって言われたんだから、犯さないと。でも、やりかたを教えてください。課長を傷つけたくないから……」

未知の部分へ挿入する期待と不安が交錯する。しかし、いまは期待のほうが勝っていた。射精したばかりのペニスは息を吹き返しつつある。

「ほぐすのは自分でするから……お口で、させて……」

俊則は綾美の頭のほうへ移動し、口もとに淫水と樹液で濡れたペニスを差し出した。眼鏡をかけたまま俊則を見あげる綾美の瞳の中は、淫らな期待に満ちている。

(会社で見る課長と、同一人物とは思えない……すごくエロい)

そう思いながら、俊則は綾美に咥えさせる。

精液にまみれた肉棒を、綾美はためらうことなくすすった。頬をへこませ、音を立てながら喉奥まで吸いこんでくる。陰毛に鼻をすりつけると、動物的に顔をふって、男根の根元に快感を送りこんできた。

「課長を捨てた男は、バカですよ。二人で最高のセックスができたのに……」

綾美のフェラ顔をじっくり眺めるために、俊則は顔にかかる長い髪をうしろへと流してやる。黒縁眼鏡の奥で、赤らんだ目もとがゆるんだ。

綾美は膝を立てて足を開くと、ローションで濡れた肛穴に指を挿れていた。

クチュ……チュ……。

そちらからも、いやらしい音が立つ。

（あっ……開いたお尻の奥が見える……）

綾美は、最初人さし指だけ挿れていたのを、中指もそえて二本に増やしていた。それを肛門の中で開き、入口をほぐしている。Vの字に指を開いたので、肛穴の中の様子が鏡に映っていた。

（ここに挿れるんだ……）

怖さより、淫らな期待のほうが大きくなっていた。

汚いとは感じなかった。綾美は、手入れをきちんとしているのか、そういった臭いすらしない。そういえば、淫具だらけのポーチの中に、使い捨ての浣腸も入っていた。アヌスでの自慰のために、尻の奥をいつもきれいにしているのかもしれない。

「犯す前に……綾美のお尻をローションでいっぱいにして……」

音を立てて唇をはずした綾美が、俊則に頼んできた。自分で太股をかかえ、尻を上向かせた。指二本で開かれた後穴の中がまる見えになる。

（そうだ、お尻は愛液がないんだ……）

俊則は、肛肉の奥へと届くようにたっぷりとローションを流しこんだ。

「あんっ、冷たい……冷たいから、感じちゃうっ」

淫らな行為で火照った体には、どんな刺激ですら愉悦となるようだ。キュンと膣道が締まり、また中から精汁と愛液があふれ出る。

全身性感帯となった上司の肢体はあまりに魅惑的で、ペニスの昂りが止まらない。もう二度も射精しているというのに、淫欲の期待汁が亀頭をテラテラ光らせている。

「来て……」

俊則へと綾美が縛められたままの手を伸ばす。俊則は左手を伸べて指をからませた。そして、右手は男根にそえて、上司のうしろ穴に押しあてる。

「ああん……」

肛門に男根が当たっただけで、綾美が歓喜の声をこぼした。

圧をかけるが、うしろ穴は容易に亀頭を受け入れようとしない。その抵抗が初々しくもあり、膣でのセックスにはない感触のせいか、男の淫ら心をくすぐってくる。

ズリュッ……。

ついに、切っ先の圧に負け、肛門が開いた。

「おお……すごい……」

肛門が内側にめくれ、ペニスを呑みこんでいく。膣と同じように狭く、熱い。いや、入口のキツさは、膣以上かもしれない。俊則はゆっくりと腰を進めていった。

(ここは男のモノを挿れるための場所じゃないから、慎重にしないと……あっ)

ゆっくり進めていくと、とつぜん開けてくる。もっとも締まっているのは肛門で、それからは熱い肉筒に包まれているようだ。

「太いのでお尻がいっぱい……ううっ……あうっ……す、すごいっ……」

綾美が、俊則の手をキツく握っていた。繋ぎ合った手は快楽の汗で濡れている。体温があがったために、綾美の眼鏡が曇っていく。アナルセックスの間も眼鏡をはずさないでいる綾美は本当にエロチックだった。

「課長、痛くはないですか」

「痛くないっ……でも、どうしよう、すごく、気持ちいいっ……お尻がいいっ」

感じているのが自分だけではないとわかって、俊則はほっとした。

これで落ち着いて綾美の肢体を堪能できる。うしろ穴の、膣にはない根元の締めつけは新鮮な快感だった。陰嚢が射精に備えて、ぎゅっとあがる。

「課長が悦んでくれて、うれしいです」

俊則は、ゆっくりと綾美の処女地を味わっていた。

「やさしいのね……あなた、本当に……あふっ、ふっ……」

じわじわとペニスで尻穴を責められ、綾美の声が切れぎれになっていく。

男根でひろげられた肛門の上には、中出しされたばかりの蜜穴があった。そこから、最初は蜜壺にかけた白濁が溢れていたが、やがて透明な愛液が湧き出てきた。

（本気で感じてるんだ……すごい……女性ってどこでも感じるんだ……）

薄明かりに照らされる、汗まみれの肢体。淫猥な香りをふりまきながら、口、蜜壺、うしろ穴で感じ、よがりつづける綾美の姿は官能美に満ちていた。

ついに、根元まで入った。俊則の陰毛が、ひろがりきった肛穴に当たっている。

「アナルバージン、僕がもらっちゃいましたよ……」

俊則は身をかがめて、綾美に口づけた。綾美は縛められた腕の間に俊則の頭を通して抱きよせる。二人はアヌスで繋がりながら、舌をからめ、唾液を吸い合った。濃厚なキスを交わしたあと、唇を離す。

「動きますよ……」

俊則がそう言うと、綾美がうなずいた。

綾美の背中に手をまわし、キツく抱きしめる。そして、俊則は男根を抜き差しさせはじめた。

「あんっ……大きいのが、お尻で動くのっ……」

ニュルルッ、ニュルッ。

ゆっくりペニスを引き抜くと、切っ先が肛道の中をかく。潤滑をよくするためにたっぷり挿れられていたローションが、卑猥な音を立てながら、肛穴から湧き出てきた。

「なんてスケベな体だ……最高ですよ、課長……」

カリ首のところまで引き抜くと、またゆっくりと押し入っていく。

普通のセックスなら、もう激しいピストンをくり出しているところだが、はじめてのアナルセックスだけに、俊則は本能を抑えながら、やさしく動いた。

(ゆっくりでも、根元の締まりがよくて出ちゃいそうだ)

尿道口から、先走りが出ているのがわかっていた。三度目の射精だから保《も》つと思っていたが、はじめてのアナルセックスの興奮と快感は想像以上で、我慢できる時間はそう長くなさそうだ。

「動いて……いっぱいオチ×ポで突かれて、イキたいのぉ……」

黒縁眼鏡の奥にある、淫蕩な瞳がこちらを見つめている。女裂以上に潤んだ瞳と、精液の飛沫がついた眼鏡が、俊則の理性の糸を切った。

「どうなっても知りませんよ……」

ズリュッ！　ズブッ！

俊則は腰を引いた。亀頭だけを肛門の奥に残して、そしてまた突き入れる。大きな振幅の突きをゆるやかに放っていく。肛門の締めつけの快楽に加えて、摩擦の愉悦が陰嚢から背すじ、そして脳髄へと伝わっていく。

「ああうっ……すごい、いいっ、いいの、近江君、来て、思いっきり、来てっ」

綾美も腰をふっていた。挿入しはじめたころは怯《おび》えた様子だったが、ペニスの太さにアヌスが慣れると、もとが淫らなだけあって卑猥に腰を動かしてくる。

「こっちでも中で出してっ……私、精液が好きなのっ、はっ、ああっ」

淫らな言葉をつぶやきながら、綾美はアナルセックスに溺れていた。

「もう、アナルバイブに戻れないっ。こんなにすごいセックス、はじめてっ」

ニユチュッ、ニユチュッ！

締まりのいいうしろ穴での抜き差しの音は、蜜肉以上に卑猥なものだった。

ペニス全体を締めてくる膣肉もたまらないが、キリキリと締めてくる肛門と、おおらかに肉棒をくるむ肛肉からの快感も堪えられない。

「こっちもいいです……すごい、締まりが……」

俊則の額から汗が垂れ、上司の眼鏡にしたたっていく。精液の飛沫のとなりに、快感の汗をつけた綾美の眼鏡姿が、いっそういやらしいものになる。

「もっと、もっと気持ちよくして、ああっ、ああんっ」

綾美が俊則の首を抱く手に力をこめる。そこに快感への強い渇望を感じた俊則は、ピストンのピッチをひとつあげた。

ニュチュッ！　パンパンパンッ！

蜜肉では出ない音を立てながら、ペニスがローションをかき出し、そして肛門を巻きこみながら中に入っていく。

「はうっ、はうっ、いい、お尻で感じる、ひっ、ひいいっ」

律動の激しさで綾美の眼鏡がずりあがり、テーブルの上に落ちた。

上司の欲望に染まった美貌が目の前に現れ、俊則は思わず唇を重ねていた。

唇からも、繋がった尻穴とペニスからも、湿った音が立つ。

その間も俊則はアヌスの中を男根でかき混ぜつづける。

「いい、もうダメっ……イクッ、こんなの我慢できないっ」

綾美が白い喉をさらして、のけぞっていく。

キュウウウッ！

精を求める肛肉が、ペニスを思いっきり締めてきた。

「そんなに締められたら、僕も、もう……」

堪えきれなくなった俊則は、最後のラッシュをかけた。

抜き差しのたびに、淫水の溢れる蜜割れに下腹が当たって、肌を濡らす。

綾美が激しい快感を覚えていることがわかり、歓喜とともに俊則は律動を続けた。

「ああ……も、もう……ダメッ……アヌスでイクの、イクウウッ」

綾美は艶やかな叫びをあげたあとで、ガクッとのけぞった。と同時に、肛門が強く食いしめてくる。

「こっちも出る……イクッ」

ドクンッ……！

三度目の放出を、上司のアヌスに放ったとき、俊則の体から力が抜けた。

ハードな日程に、ハードなプレイ。

吐精した解放感とともに、一気に眠気が襲ってくる。俊則はテーブルの上に横たわった綾美の胸に顔を埋《うず》めながら、目をつむった。

翌朝、目を覚ますと、俊則はベッドに寝かせられていた。部屋はきれいに整えられ、テーブルの上にも、鏡にも、ベッドにも、情事の名残はない。

ベッドサイドテーブルに、メモが残されていた。

昨日のことは永遠に秘密よ。支払いはすませてあるから、キーだけ返してね。
綾美より

綾美は先に旅立ったようだ。昨夜のあと、顔を合わせるのは、たしかに気まずい。
旅先の一夜だけの恋人なら、後腐れなく別れるのが一番だ。
俊則は、チェックアウトまでまたひと眠りしようとした。
(啓介……どっかで聞いたことがある……)
俊則はガバッと起きて、スマホで綾美が転職前にいた会社のホームページを見た。
そこは業界大手の不動産会社で、会社の社長は親からあとを引き継いだ若い男だ。
下の名前は――啓介。
有能な綾美が俊則のいる会社に転職した理由が、ようやくわかった。
(こいつと結婚していたら玉の輿か……でも、これでよかったのかも)
親の会社を引き継いだボンボンで、無難な女性を選ぶような男に綾美は似合わない。
(課長らしさを認める人こそ、課長にはふさわしいんだ……)
そう思いながら、俊則はまぶたを閉じた。

第三章　文学少女の卑猥な足コキ

1

綾美と濃厚な一夜を過ごしたあと、俊則は松江《まつえ》へと向かった。

長浜発の新快速で京都まで行き、そこで山陰本線《さんいんほんせん》に乗り換える。

今日は皆生《かいけ》温泉《おんせん》で一泊し、その翌日は出雲と松江をめぐる予定だ。

この夏休みは友代が好きだと行った場所、琵琶湖と松江の二カ所をめぐる。短い夏休みなので、このぐらいの強行軍でなければ、行きたいところへもいけない。

「松江はいいところよ。へるんさんが愛していた面影が残っていて」

友代はそう言っていた。

そのときは「へるん」って誰だろうと思いながら聞いていたが、後日調べてみると、ラフカディオ・ハーン——小泉八雲《こいずみやくも》が生徒や妻から呼ばれるときの名だとわかった。俊則の知識では、小泉八雲といえば『怪談《かいだん》』の作者だ。その中でも「雪女《ゆきおんな》」の話はよく覚えている。あの話は、怖いけれど美しく、そして悲しい。その作品を書いた作家を友代が、へるんさん、と呼ぶやさしい口調が耳に残っていた。

『怪談』の文庫本を片手に、福知山《ふくちやま》まで向かう電車に乗る。車中で本を読もうと思ったのだが、昨夜の寝不足がたたって、文字を少し追うと眠気が襲ってくる。しかも、この道中は乗換が多い。ようやく、目的地の皆生温泉の最寄り駅、米子《よなご》に着いた。バスに乗って皆生温泉に着いたときには日もとっぷり暮れていたので、俊則はすぐに宿に向かうと、風呂と夕食をとって、そのまま朝までぐっすり眠った。

翌日は出雲大社を参拝してから、松江をめぐる予定だ。

今日も強行軍なので、早めに宿を出ると山陰本線に乗って松江駅へ、それからバスへ乗って一畑電車《いちばたでんしゃ》松江しんじ湖《こ》温泉駅へ向かう。一畑電車は青春18きっぷが使えないが、乗車料以上の価値のある電車だという阿久津の言葉を信じて、俊則は乗車した。

電車は松江を出てすぐに、鈍い藍色を湛えた宍道湖《しんじこ》ぞいを走る。

湖のわきを抜けると、今度は青々とした稲穂が揺れる田園風景の中を通っていく。

たしかに、心地いい電車だ。

レトロな車輛の揺れが懐かしさをくすぐる。首都圏を走る車輛は揺れを抑えた新型車輛に切りかわっているが、ここは一世代前の電車が現役で走っているようだ。

一時間ほど電車に揺られて、出雲大社駅についた。

駅の窓はステンドグラス、そして駅舎の照明も暖色系でノスタルジックだった。

――ばたでんの出雲大社前駅の写真お願いしますよ。忘れないでくださいよ。

と、昨夜、阿久津からしつこいぐらいにＬＩＮＥが来ていたので、ここも忘れずに撮影する。

ばたでんとは一畑電車の愛称らしく、そのポスターやグッズに使われている。

まだ朝の九時すぎなので、参拝客も少ない。旅館は素泊まりで朝食を食べていなかったので、ご縁《えん》横丁で開いていそうな店を探した。

とある寿司屋の前にノドグロ丼セットという看板が出ていたのを見つけ、早速そこに入って注文した。セットがくると、俊則はまず神西湖《じんざいこ》のしじみ汁を口に含んだ。滋味深い味噌汁が、すきっ腹にしみる。胃が温まったところで、ノドグロ丼を食べた。脂の乗ったノドグロにかかった特製のタレが食欲をそそり、俊則はあっという間に平らげてしまった。

腹ごしらえもしたので、早速参拝に向かうことにした。

出雲大社は縁結びの神様として有名なだけあって、伊勢神宮を参拝したときよりも心なしか女性が多い。大鳥居をくぐって祓社《はらえのやしろ》を参拝する。それから、二の鳥居をくぐり、松の参道を歩いた。左右には因幡《いなば》の白ウサギの石像が設置されていて、かわいらしい。銅の鳥居をくぐる前に手水舎《ちょうずや》で作法どおりに清めて、ようやく拝殿に参拝できた。参拝までに手数を踏むことで清められ、祈りが通じやすくなるのかもしれない。

(また、友代さんと会えますように)

手を合わせたあと、俊則は絵馬を奉納する。

(神頼みなんていままで信じなかったけど、神様にでも頼まなきゃ、出会えない)

絵馬を奉納したあとで、俊則は首をかしげた。

友代との出会いは伊勢神宮のおかげとはいえ、友代との再会を願って日吉大社や比叡山といった神社仏閣に参拝したはずが、上司と思いがけぬ一夜を過ごすことになった。これはまさか……。

――パワースポットへ行ったら女運があがるとか、そういうの信じるか?

阿久津にLINEを送る。すぐに返信が来た。

——嫌みですか。それより、サンライズ出雲の写真よろしくお願いしますよ、先輩。

文面が冷たい。そこで、俊則は額に手を当てた。しまった。阿久津は、人柄はいいのだが、モテない。いい人止まりでいつもフラれるとボヤいていた。阿久津も、鉄道旅をしながら行く先々の神社に寄っては「彼女ができますように」と祈願しているが、いまだできていないのだ。

——わかった。忘れない。ちゃんと撮影する。

阿久津の機嫌を損ねないように返信する。

(女運があがるなんて、そんなわけないよな……気のせい、気のせいだ……)

俊則は出雲大社のあと、松江に移動した。友代が好きな「へるんさん」——小泉八雲の愛した街をめぐって、それから寝台特急で東京に戻る予定だ。

一畑電車でまた松江まで移動し、昼食は名物の割子蕎麦を食べることにした。割子蕎麦は朱塗りのまるい器、割子を三段重ねにして提供される。蓋を開くと、蕎麦の香り豊かな麺が現れる。そこに、薬味と別に供されたつゆをかけ、食べた。

出雲蕎麦は太く短く、味が濃い。蕎麦を食べると、その土地の風土がわかる気がする。出雲蕎麦は武骨にして繊細だった。蕎麦からも松江が独自の文化に誇りを持っていることを感じられた。

食後は小泉八雲記念館と旧居を訪れることにした。

俊則は文学に造詣が深いわけではないので、小泉八雲記念館で彼が愛用した明治時代の品などを、ぼんやり眺めていた。すると、ふわっとシャンプーのいい香りが漂った。俊則のそばに、ワンピース姿の女性が立っていた。ウエストのうしろにリボンのついているデザインで、昔の女学生を思わせる。

（文学部の学生かな）

まるいメタルフレームの眼鏡に、ゆるやかな三つ編み。大学生だろうか。年の頃は阿久津と同じくらいに見える。確実に俊則より若いのだが、古風に見えた。

彼女は熱心に展示物を眺めている。

俊則は記念館をざっと見て、次にすぐそばにある旧居を見学した。入口の横に、史跡小泉八雲旧居、という石碑が建ててあった。旧居は、瓦屋根が葺《ふ》いてある塀でぐるりと囲まれていた。

三方を庭に囲まれた家の中で、書斎から見える一番小さな庭を小泉八雲は愛していたそうだ。

明治の頃でも、このような武家屋敷は都市計画のために取り壊され、消えゆく運命にあったらしい。それを儚《はかな》んでいた八雲だったが、この家や武家屋敷は幸運にも、現代まで残っている。

庭を眺める俊則の隣に、さっきの女性が立っていた。

彼女が持っているのは、文庫本のようだ。付箋をたくさん挟んだ本を見ては、庭を眺めている。

(よっぽど小泉八雲が好きなんだな)

自分が書いた小説と大事にしていた庭を、自分と同じように愛してくれる読者に恵まれるとは、へるんさん――小泉八雲も生前思わなかっただろう。日本に来る前、アイルランドにいた頃は孤児のように育ち、寂しい人生だったようだが、日本に来てその寂しさを理解してくれる妻に出会え、そして死後もこんなに愛されるなんて――人の幸と不幸はわからないものだ。

(小泉八雲は寂しさを知っていたから、ぬくもりある景色を大事にしたんだろうな)

この旅が終わったら、小泉八雲の本を読んでみようと俊則は思った。

小泉八雲旧居を出て、俊則はまたパンフレットをひろげた。

帰りは、サンライズ出雲のB寝台シングルがとれたので、ひと眠りすれば東京だ。

ムーンライトながらよりは、ぐっすり眠れるだろう。

昨日の強行軍の疲れはあるが、せっかく松江に来たのだから、もう少し観光して、

それから出雲市駅に移動しよう。どこに行こうかとパンフレットを見ていると、

「さっき、小泉八雲邸にいた方ですよね」

と、丸眼鏡の女の子が声をかけてきた。

「これ、落としました?」

その子は、俊則が阿久津からもらった「幸福切符」のキーホルダーを持っていた。

「ありがとうございます。バックパックにつけてたんだけど……一回落とすと、はずれやすくなるのかな」

そう言って、俊則はキーホルダーをバックパックのポケットに入れた。

「じゃ、私はこれで」

お礼にお茶でも、と言おうとしたのだが、それを言う間もなく、女性は立ち去った。

(ここでお茶に誘ったら、ナンパだと思われるし……いいんだこれで)

俊則はお堀を一周する遊覧船に乗るため、松江城へ向かった。

2

サンライズ出雲は、無事十八時五十一分に出雲市駅を出発した。

――いい写真撮れたじゃないですか。あとはシャワーカード忘れちゃダメですよ。

サンライズ出雲入線時の写真を送ると、阿久津からＬＩＮＥが返ってきた。

（そうだ、シャワーカード）

サンライズ出雲には、ラウンジのそばにシャワールームがある。シャワーカードがなければ使用できず、乗車後早めに買わないと売り切れると阿久津から言われていたのだ。

ラウンジだったら、窓の外を眺めながら駅弁が食べられる。部屋でも食べられるが、ラウンジのほうが眺めはいい。俊則はホームで買った弁当を持つとシングルルームを飛び出し、ラウンジのある3号車へと急いだ。カードは、ラウンジとシャワー室の間にある自動販売機で売られている。シャワーカードはまだ販売していた。ほっとしながら、カードを買う。

ラウンジには窓の下に一枚板の長いテーブルと、窓を向いた椅子が並んでいた。

席はひとつだけ埋まっているので、選びたい放題だ。

どこにしようか悩んでいると――。

「あの……キーホルダーの方ですよね」

小泉八雲邸で出会った女性が俊則を見ていた。

窓に面したテーブルの上には駅弁とチューハイがそれぞれひとつずつ置いてある。

「発車してすぐなんですけど、食べにきちゃったんです。お腹すいちゃって」

丸眼鏡の奥で、クリッとした目を細める。

「ここは眺めがいいですからね」

「私はノビノビ座席だから、ここのほうが食べやすいんです」

サンライズ出雲には上下二段の普通車指定席、ノビノビ座席がある。ベッドではなく座面は絨毯で、毛布が備えつけてあるのみ。窓のそばに少し壁があるくらいで、プライバシーはほぼない。しかし、寝台料金不要で割安なのと、席数が多いので個室がとれないときにも予約がとれる便利な席だと阿久津は言っていた。

俊則はB寝台個室シングルの平屋室がとれたので、そちらに宿泊する予定だ。

「あの……よかったら、ごいっしょしませんか。一人で食べていても味気ないし」

そう言って、彼女は隣の椅子をたたく。

「ええ、じゃあ、遠慮なく」

見かけとは違って積極的な子だな――と俊則は思ったのだが、俊則の思う積極的というのとは、ちょっと違った。

「小泉八雲の聖地めぐりできて、幸せでしたあ」

一人旅の彼女は、小泉八雲愛を語る相手が欲しかったようだ。

「出雲大社が目的じゃなかったんですね」

「ええ。私は、八雲旅だったんです」

熱烈な読者を前に、下手に知ったかぶりするよりは、と俊則は、小泉八雲の小説でちゃんと覚えているのは「雪女」だけ、と話した。

失望されるかと思ったのだが、彼女は目を輝かせた。

「いいですね。まだまだ読めるものがあるって幸せなことです！」

と、グイグイおすすめ作品を教えてくれる。

この圧はなにかに似ていると俊則は思った。

（あっ。阿久津だ……）

鉄道を語るときの阿久津に似ているのだ。だから初対面なのに、自然に会話できるのだろう。阿久津との会話のときも、自分がまったく関心のない話ながら、俊則はよく耳を傾けていた。知らないことを教えてもらう新鮮さと、熱のある口調が楽しいからだ。

「チューハイ、どうぞ。多めに買ったので……あっ。お酒の話の前に、自己紹介してませんでしたね。私、津田桜《つださくら》っていいます」

東京にある大学の文学部の二年生だという。お互いに自己紹介している間に、ラウンジに人が増えてきた。ほかの客も酒やジュースを飲みながら車窓を眺め、それぞれに夜を楽しんでいる。

桜ははじめて寝台特急に乗るので、軽く興奮しているようだ。

俊則は旅行でいままでめぐった場所について話した。

「出雲参りでこっちに来るのはよく聞きますけど、小泉八雲のためだけって、珍しいですね」

と、俊則が言うと、桜が身を乗り出した。

「だって、へるんさんは、理想の男性なんです」

「えっ、そうなの」

パンフレットで見た限りではそう美男ではない。俊則が読んだのは「雪女」ぐらいだが、たしかに文章は美しく、端正だ。文学少女らしい桜が好きそうな要素はある。

「ベストセラー作家とか、そういう人のほうがいまは人気があるんだと思ってましたよ。違うのかな」

「そんな、そんな。いまの子はみんな昔の作家さんのほうが好きなんですよぉ。太宰《だざい》とか。私がへるんさん好きなのは、文章や物語の美しさだけじゃなくって、人柄も好きなんです。とっても愛妻家なんですよ、へるんさん。私も前に八雲旅したときに、尾道《おのみち》でブックカフェしている人とこの話で盛りあがってぇ。楽しかったなあ、あの人と話したとき。その人は旅先で古本集めている、素敵な人なんですぅ」

桜は軽く酔っているようだ。語尾が間延びしている。

「あのぉ、へるんさんが書いた、怪談の成り立ちを知っていますか」

桜がぐいっと身を乗り出す。俊則は首をふった。

「へるんさんの奥さんが、日本じゅうから集めた怖い民話を、へるんさんに何度も何度も話してあげたんですって。へるんさんは、奥さんに本を読むのではなく、あなたの言葉で聞かせてくれとせがんだそうです。素敵ですよね」

「奥さんから怪談を聞くのが？」

「違いますってぇ。素敵なのは、子どもがお母さんにお話ししてって寝るときに頼むように、へるんさんが何度も奥さんに頼んでいたことですよ。そういう夫婦のありかた、素敵だなって胸がキュンとしませんか」

正直、キュンとくるポイントがわからなかった。

俊則は阿久津の経験から首をかしげると話が長くなりそうだと思った。しかし、首を縦にしても話が長くなる。しかたないので、首を斜め前にふった。

そのどっちつかずの態度を見て、桜が笑った。

3

シャワーを浴びて、浴衣姿になった俊則は部屋に戻り、ビールを開けた。

ビールをぐびっとあおって、窓の外を眺める。

寝台の上に寝転び、天井を見あげた。窓は大きく、寝転んでも車窓の外が見える。

(へるんさんか……)

といっても、暗闇のなかにぽつぽつと灯りが見えるだけだが。

阿久津に言われたとおり、B寝台個室シングルの平屋室をとった。

シングルは基本的に上下二段に別れた個室だが、車輛の端の部屋は車輪があるので二段分のスペースがとれない。その余ったスペースを一室にして提供しているのがB寝台シングルの平屋室だ。ここは、普通のシングルより天井が高くゆったりしていた。

モーター付車輛の平屋室しか空いていなかったので、部屋にはモーターの音が響く。うるさいと言えばうるさいのだが、これも旅の醍醐味と俊則は思うことにした。

(友代さんが、へるんさんが好きって言ったのは、こういうことだったのかな)

消えゆく日本の美を憂い、それを物語として、随筆として残していた文学者としての顔。そして、妻と子を愛したさみしがり屋の夫としての顔。

俊則は、桜から小泉八雲のそういった面を教えてもらった。

友代も、消えていくものを大事にしたいと言っていた。松江は小泉八雲が危惧したように開発されて、武家屋敷がすべて消えることはなかった。残ったのは運と市民の努力だろう。

そうでなければ、すべては消え、新しいものに更新されていく。

夜行列車の数が減っていったように――。

今度また新しい寝台特急が運行されるようだが、それまで寝台特急はサンライズ出雲と瀬戸《せと》だけだ。定期的に走っている夜行列車に至ってはムーンライトながらだけ。

飛行機や高速バスに押されて、これもまた消えていくのだろうか。

そう思ったとき、ドアがノックされた。

「近江さーん」

外から聞こえたのは、桜の声だ。桜と話したとき、部屋の番号を教えた気がする。

ドアを開けると、スウェット姿の桜が、鞄とビニール袋を持って立っていた。

「どうしたの？」

「飲み足りなくて……また、いっしょに飲みませんか」

桜がビニール袋を掲げる。車内でアルコールは売っていないので、ホームで買ってきたとおぼしき、チューハイとビールが袋の中に数本ずつ入っていた。

俊則は少し疲れていたが——寝る前にもうひと飲みするのもよさそうだと思った。

「じゃあ、ラウンジで飲みましょうか」

電車が揺れた。そんなに大きな揺れではなかったが、桜がバランスを崩した。

「きゃあっ」

桜が俊則を押して、そのまま部屋に入ってしまう。ブラジャーに包まれていないバストが俊則のみぞおちに当たった。それに気をとられて、俊則もバランスを崩し、ベッドの上に尻餅をつく。

そこに桜が覆いかぶさってきた。押された勢いで、俊則は窓に頭をぶつけた。

「あいたっ」

目から星が散る。マンガのような状況に頭をさすりながら目を開くと、目の前に桜の顔があった。ぶつかった拍子に眼鏡を落としたようだ。

「あ、あら……ごめんなさい……」

俊則は桜の美貌に驚いた。まるみのある輪郭に、アーモンド形の双眸。

琥珀《こはく》色の瞳が印象的な目もとだが、度の強い眼鏡のせいでそれが隠れていたようだ。

「眼鏡、眼鏡……眼鏡ないと、なにも見えないんですよ」

俊則の胸の上で指が這う。桜は気づいていないのだろうか。弾力あるバストが密着し、俊則の太股をまたぐ、桜のむちっとした太股が男の欲望を刺激していることに。

（やばい……鎮まれ、鎮まれ……）

股間に血流が送られていく。音を立てて肉棒の径が増していくのがわかる。

これ以上元気になったら、さすがに勃起がバレてしまう。

「津田さん、離れて……」

「でも眼鏡がないと、本当になにも見えないんです。ちょっと我慢してくださいね」

桜の顔がぱっと明るくなった。あった、と声を出し、俊則の顔のわきに落ちていた眼鏡へと手を伸ばした。丸眼鏡をかけて、人心地ついたようだ。

「ぶつかっちゃって、すみませんでし……た」

落ち着いたところで、桜は体が密着していたことに気がついたらしい。

「ごめんなさいっ」

頬が染まったと思ったら、耳の先まで朱色になっていく。

「酔っていたから、勢いで転んで、あの、その……」

密着している胸の谷間から、心臓の鼓動が伝わる。それが速くなっていた。

「いいよ、ゆっくり離れて……大丈夫だから」

俊則の男根は桜にバレるほど大きくなっている。誤解されてしまう、と俊則は内心焦りながら、桜の肩に手を置き、ゆっくり立たせようとした。

しかし——桜は力を入れて抵抗した。

「えっ……津田さん？」

「私、夢見てたんです……私のへるんさん話をうんうんって聞いて、うるさがらない男の人と、こうなることを。近江さんはどうですか。私じゃいやですか」

桜が俊則の手をとり、スウェットの上からやわらかな乳房に手を当てさせた。

「そういうことじゃなくて、こういうこと、そんな簡単に決めちゃダメじゃないの」

「ご縁ですよ……ねっ」

出雲大社は縁結びのお社だが、この展開はいいのだろうか、と逡巡《しゅんじゅん》する。

「ひと晩のご縁でも、大事にしたいご縁ってあるじゃないですか」

友代との一夜がよみがえった。

「あの、僕は好きな人がいるんだけど……」

「私だっていますよ。へるんさん。でも、近江さんも片思いでしょ」

「えっ。どうしてそれを知ってるの」

「両思いだったら、一人で出雲大社行って、絵馬で願かけしないんじゃないですか」

「えっ……そこから見られてたんだ……」

「お互い片思い同士、今晩だけでも慰め合いましょうよ」

そう言うと、桜が唇を重ねてきた。俊則の後頭部に手をまわし、深く口づけする。濡れた舌がすぐに歯列を撫で、それから俊則の舌をとらえた。

「んっ……」

ドアが開いたままだ。俊則はキスに集中できない。

桜が身を起こして、廊下の左右を確認すると——ドアを閉め、鍵をかけた。

「みんな寝ているから、静かにしなきゃ……」

桜が囁く。俊則はまだためらっていたのだが——桜が寝間着がわりのスウェットを脱いだ。ブラジャーをつけていない乳房が、ぷるんと揺れる。

「窓の外から見えちゃうって……」

「そう言っている近江さんも、すっごく元気になってますよ。見られたって一瞬じゃないですか。こういうの、スリルありませんか」

文学少女らしい雰囲気から一転して、桜は妖艶さを漂わせていた。

その変化は男心をそそるが――怖くもあった。俊則は寝台の上でずるずると後退し、壁に背を当てて、桜と距離をとる。

「怖いですか？」

桜が軽く結わえていた髪をほどく。長い黒髪が静脈の浮いた白い乳房にかかる様子からは、和の色気が漂っていた。

「私も自分が怖いかも……だって、お酒を飲むと男の人が欲しくなっちゃうんです。体が抑えられなくて……」

上半身裸のまま、桜も俊則の反対側の壁にあるテーブルに背を預ける。そして、スニーカーを脱ぐと足を伸ばして、俊則の股間に這わせてきた。

「あっ……津田さんっ……」

俊則が声をあげると、桜が指を自分の唇に置いて、しーっと合図する。

「それも、普通のプレイじゃ物足りなくなっちゃうんです」

ピンクのペティキュアをつけた足指が、股間を蠢いている。足の五指が慣れた感じでパンツの隆起に合わせて動いていた。

「足には自信あるんです……」

桜が舌を舐める。もう片方の足も俊則の膝の上に乗せた。

「新しい快感、知りたくないですか」

松江で、ラウンジで見せた小泉八雲ファンの文学少女の風情はかき消え、目の前にいるのは男を翻弄する妖女だった。

（いままで出会ったどんな女性とも違う……だけど……）

桜の鮮やかな変貌と、性技に底知れぬものを感じつつ、俊則は興奮してくる。

白い足指できゅっと強くペニスを押され、俊則は上を向いた。痛みギリギリの快感で、声が出そうになるのを必死で堪える。

「かわいい。もっと感じたいって顔してますよ。我慢はやめたらどうですか」

もう、どちらが年上かわからない。いまは股間に走る快感をもっと深く貪りたいとだけ願っていた。俊則は、桜に促される前に下着を下ろして、ペニスを出した。

足指で撫でられ、押されただけなのに、青スジを立てていきり立っている。

「思ったより大きい……やりがいがありそう」

桜は全裸になって、また座席に腰かける。そして、長い足をガニ股にすると、俊則のペニスを両足裏で挟んだ。

手の指のように細かい動きをするわけではないのに、両足が上下しはじめると、俊則の股間に得も言われぬ快感がひろがる。足で愛撫されるたび、声が漏れそうになるが、それを堪えるべく俊則はシーツをつかんでいた。あまりに力を入れているので、指の関節が白くなるほどだ。

(足でこんなに感じるなんて……)

足裏にローションもなにもつけられていないのに、ぬめる感触があるのは、俊則の先走り汁のせいだろう。自分がそんなにも興奮していることに驚いていた。

しかも——視線を桜のほうに戻すと、桜は淫花を指で開いて、俊則に見せつけている。淫らな紅花の中心は蜜で光り、フルーツのチューハイやビールの香りの向こうから、むわっとする女の匂いを漂わせている。

「あっ……おおっ……桜さん、いいっ……いいよっ」

桜に触れたい。しかし、手を伸ばすと、足を激しく上下させて妨害してくる。

「灯りを消したら、触らせてあげようかな」

桜が欲情した目でこちらを見る。俊則は寝台の枕もとにあるスイッチを押した。

室内灯が消え、車窓の外をよぎる街灯や信号灯のあかりが入ってくる。

そのわずかな光に、きらめく蜜を吹きこぼす紅花が照らされる。

(もう我慢できない……)

俊則は桜の両足首をつかんだ。そのまま立ちあがり、前に進む。

「あふっ……やんっ、もっとイタズラさせてっ……」

「イタズラは終わり。これからは、こっちが本気を出させてもらうよ」

俊則は先走りでテラテラ光る男根を桜の秘裂に押しあてた。

「はぁんっ……」

鼻にかかった声から期待を感じる。しかし、俊則は押し入れず、上に反らした。

「ひゃうっ……」

桜がのけぞり、肢体を震わせる。反り返った切っ先は、淫花の中心にある、芽芯をつついていた。充血したそこを硬度の増した亀頭でくすぐると、淫靡な音が立つ。秘裂が挿入を待ちわびている証の蜜汁が、とろとろと溢れて亀頭にからまり、いやらしい匂いを放っていた。

「桜さん、声を出したら、ほかのお客さんに聞かれちゃうよ」

立場が逆転した。さっきまでは桜の愛撫を受け、俊則が声を堪える側だった。が、いまは桜が亀頭で陰裂をくすぐられ、手の甲を口に押しあて声を堪えている。

「ほかの人は起きないから、だ、大丈夫ですっ……ううっ」

小声で答えていたが、亀頭だけ膣内に挿れられると、桜は首を打ちふった。堪えきれない快感に、甘い声が止まらないようだ。

「声を出すなら、やめようかな。火照るなら、自分の席でオナニーすればいいよね」

ここまで燃えあがったうえで、自分の席に戻らされても困るだろう。

仕切りがあるだけで雑魚寝に近い状態の座席では、オナニーなどできるはずもない。

「我慢するからっ、して……ここで……」

桜が俊則の首に手をまわし、引きよせる。二人の顔が近づき、唇が重なった。

俊則はそのままの流れで、ペニスを桜の陰裂にあてがうと、ゆっくり挿入した。

「ん……んんっ……おおひくなってるっ」

足での前戯のときより大きくなっていると驚いているようだ。足コキも興奮したが、やはり濡れた蜜口の感触には敵わない。

(おおっ、締まる……中の締まりがキツい……)

根元まで埋め、腰を前後させる。寝台列車の中でのセックスは俊則を興奮させた。

体を壁にぶつけないように注意しながら膝立ちになり、ピストンを放つ。

「ふっ、うっ……くうんっ……」

足コキをしていたときは余裕たっぷりだった桜が、挿入されたとたん、白乳を震わせて快感に溺れていた。太股を乳房にくっつけ、尻を突きあげる体位で深く繋がる。

「あんっ、はんっ、奥に……くるっ……」

ジュッ、ジュッジュボッ……。

押し殺した喘ぎ声に混じる電車の走行音が、旅情と客車内でコトに及んでいるという背徳感を高めていた。

窓のシェードを下ろさず夜景を見ながら交わるのも、いいスパイスとなっていた。

（僕が興奮しているように、桜さんも同じことで興奮しているのか）

抜き差しに加えて、列車ならではの振動が繋がり合った二人に新たな快感をもたらしていた。かすかな揺れがペニスを通して伝わり、桜の肌もさらに汗で濡れていく。

「シャワー浴びたのに、もう汗まみれ……」

桜が長いまつげを伏せて、流し目を送る。

「汗をかくのがいやなら、やめてもいいんだよ」

そう言いながら俊則が男根を引き抜こうとすると――。

「やだやだ……だめっ」

と言って、桜が腰を突き出してきた。最初の頃、主導権は桜が握っていたが、いざ男根を挿入されると、桜は快感に弱いのか受け身となり、しきりに喘いでいる。

そこに幼さを感じて、俊則の欲望は燃えあがっていく。

「ダメダメッ……ここまで来て抜かないでぇ……」

俊則は軽い気持ちで抜くと言ったのだが、桜は必死に抗った。

蜜壺も、ペニスを放すまいとキリキリ食いしめてくる。若さあふれる食いしめに、俊則はたまらず先走りをこぼしていた。

「抜かれたくなかったら、我慢して」

俊則は浴衣の帯を取って、桜の前に垂らす。桜はそれを嚙んで、喘ぎ声を呑みこんでいた。しかし、水音がするほどに律動を強めると、喉奥からの声も大きくなる。

「車掌さんが来たら、困るだろ」

俊則はやさしく囁きながら、テンポをあげる。

ズリユッズリユッズニユッ！

内奥深くを狙いすました突きをくり出され、サンライズ出雲の寝台で、桜が乱れる。

やわらかい餅のような乳房は、律動のたびに揺れていた。その中央にある可憐な桃色のつぼみは、ボタンのように突き出ている。

「ふうっ……くうっ……」

桜が浴衣の紐をキツく嚙んだ音が、俊則まで聞こえてくる。そうでもしなければ、桜は声を堪えきれないのだろう。個室内に、女蜜の香りが満ちてくる。クラクラしそうな香りに包まれながら、俊則はピストンのピッチをあげた。

「くうっ……ううっ……」

グチュ、グチュ、グチュ……！

淫靡な音が個室を満たす。

女体は制約を課すと、反応が深くなるようだ。

声を出してはならないシチュエーションのせいか、それともはじめて寝る男に興奮しているのか――桜は激しく乱れていた。

（すぐに出すのはもったいない……）

足コキで淫靡に翻弄した桜には、たっぷりお返しをしてやらなければ――。

俊則は足首をつかんだ手を放して、桜を抱きあげた。

「あんんんっ……」

体位が変わって、桜は大きな声を出しそうになった。俊則は手を桜の口に当てて、叫びを封じる。それから、手を離すとまた唇を重ねた。

「ん……ちゅ、ちゅっ……」

座位になって腰を動かしやすくなった桜はキスしながら、太股を動かして上下動してくる。動くたびに媚肉が四方からペニスにからまり、快楽で刺激してくる。

桜の動きに合わせて、俊則も乳房の中心にある乳首を指でつまんで愛撫した。

「ん……イクううっ……」

桜が腰を震わせた。結合部から、熱い愛液が大量にしたたってくる。

イッたようだ。軽く震える四肢の反応からそれが俊則にも伝わる。

（こんなところでしてるせいかな……こっちも、もう……）

俊則は堪えきれず、射精へのラッシュをかけた。

「くう……やん、またイキそう……近江さん、上手すぎますっ」

俊則は口づけで叫びを封じ、欲望のままにピストンのピッチをあげた。

ヌチュ、チュ、ズニュッ、パンパンパンッ！

小気味よい破裂音も淫靡な水音も、桜の喘ぎ声に負けず劣らず大きい。

誰かに聞かれているかも、誰かに見られているかも——。

シェードを下ろさず、厚くもない壁に仕切られた個室で激しく交わっているのだ。

その背徳感は、間違いなく快感に寄与していた。

陰嚢が、ぎゅっと上がり、射精間近だと告げている。桜が桃尻で俊則の激しいラッシュを受けながら、白い肢体をのけぞらせ、アーチを描く。

「も、もうダメ……い、いくっ……ううう っ……」

口づけをはずして、桜が体を震わせた。

声を大きく開けて叫ぼうとしている。俊則はとっさにペニスを引き抜くと、桜の唇に近づけた。

開いたままの唇に男根を押し入れ——数度に分けて熱い欲望を注ぎこんだ。

4

ノックの音で、俊則はドアを開けた。桜が顔を真っ赤にして立っていた。

「入ります……うう、私ったら……」

泣き出しそうなので、俊則は慌てて個室の中に招き入れた。

口の中に吐精されたあと、恍惚とした表情で牡汁を嚥下した桜は、それから歯を磨きに行った。歯を磨いているうちに酔いが覚めたのか、戻ってきたいまは松江で出会ったときのような文学少女の顔に戻っている。

(このままここにいると、また妙な雰囲気になりそうだ)

俊則は桜を促してラウンジに連れ出した。

もう深夜だけあって、先客はいない。俊則は桜が持ってきたコンビニの袋をテーブルに乗せて、中からぬるくなったビールと缶チューハイを取り出した。

「酔うと、変なクセが出ちゃうから……ジュースにする？」

桜は、しょんぼりとした様子でうなずいた。自動販売機でジュースを買って、桜の前に置く。俊則は缶チューハイを開けた。

熱い情事を交わした二人が、いまは車窓を眺めながら無言で並んで座っている。

「私……飲まないと、男の人と落ち着いて話せないから、飲むんですけど……飲むとエッチになっちゃうんです」

桜の声は小さい。かなり恥じているのだろう。

泣き上戸、笑い上戸といろいろあるが、飲むと淫乱になるのは俊則も初耳だった。

「それをわかってくれる人がいればいいんじゃないかな」

「いませんよお……高校の文芸部じゃすぐに変な噂たっちゃったし……大学の文芸部でも、新歓コンパでやらかしちゃったみたいで……小説が好きなのに、お酒を飲むと妙なことになっちゃうから、もうサークルからは距離を置いているんです」

桜が一人で松江に来ていたのはそういう理由だったのか。桜くらいの年代で一人旅を愛する子も多い。が、彼女はときおりふっと暗い顔になっていたのを思い出した。

「誰だってセックスするのにね。ちょっと人と違うことするからって噂にするのは好きじゃないな。それに、飲んだらもっとエッチになるって、考えようによっちゃ、いいことなんじゃない」

俊則がそう言うと、桜が目をぱちくりさせた。

「いいこと……だって、他人からいろいろ言われるし……」

「だいたい気もない相手とそういうことをするわけじゃないよね。僕とは松江で知り合って、小泉八雲の話で打ち解けていたし。酒の勢いだけとも言えないような……」

桜が思案顔になり、飲み物をぐいっとあおった。

「そういえば……ぜんぶ気がある相手でした。話が合う人とか……そういう人」

「津田さんの場合は、エッチになるっていうより……好きな人とか、気の合いそうな人に素直になりすぎるんだよ。一部の男はそうやって主導権を握られるのが好きじゃないから離れていくけど、そういうのが好きな男もきっといる……」

俊則の頭に閃《ひらめ》くものがあった。

「あっ、雪女だ……」

俊則が唯一読んだ小泉八雲の怪談。

雪女は、男を凍りつかせて殺す恐ろしい化け物であるとともに、正体を隠して自分が襲った男の嫁になるという二面性のある女性だった。

冷酷な殺人者にして異界の住人、それでいながら良き妻、良き母でもあった女。主人公の男は、妻を愛しつつも雪女を忘れられなかった。あの男が雪女に覚えたのは恐怖だけだろうか。もしかしたら、異界の美――そして女性の二面性に魅せられていたのかもしれない。日常にはいない世界をうかがわせてくれた相手に――。

「どういうことですか」

桜に、俊則はいま思いついたことを話した。

「君のそういう二面性をさらけ出せる相手が見つかれば、いいんだよ。そんな君がいいって言ってくれる相手はきっといるって」

「雪女って妖怪じゃないですかぁ。そう言いますけどぉ、簡単に見つかりますかねぇ」

桜がグビッとまた飲み物をあおる。口調が変わって、また頬が赤らんでいる。そこで俊則は、桜が飲んでいるのがジュースではなく、俊則の缶チューハイであることに気がついた。

「津田さん、これは飲んだらダメだっ」

そう言って取りあげた缶チューハイは、すでに空だった。

「しまった。うっかりしてた……」

俊則は頭をかかえる。

「どうしましたぁ、近江さん」

桜がふっと微笑む。丸眼鏡をはずして、ラウンジのテーブルの上に置いた。

ハッとするような美貌が現れた。寝間着がわりのスウェットでも、全身から立ちのぼる色気は隠せない。桜が束ねた髪をほどいて、うしろへと払う。かすかにくねった首がなまめかしかった。

「私がどうかしましたぁ」

「いや。なにも。じゃあ、僕は明日も早いし、寝ようかな。ああ、疲れたなあ」

俊則が立ちあがろうとすると、その太股に桜の手が置かれた。

「私、酔っちゃったのに、放っておくんですか」

桜の手が股間に伸びる。俊則が手で覆う前に、桜の指が下着に触れていた。

下着が下ろされると、漲った男根がバネじかけのように元気よく跳ねあがる。

「近江さんだって、興奮していたんじゃないですかあ」

「津田さん、ここは、さすがに……」

制止しようとしたときには遅く、桜はペニスを引き出していた。根元に手をそえ、上を向かせると、長い髪を押さえながら、桜が男根を咥える。

（一度出したばかりなのに、腰が跳ねる）

ラウンジに備えつけの椅子の上で、俊則は腰をヒクつかせながら、桜の舌で愛撫されていた。

好色モードの桜は、喉奥深く突き刺さるようなディープスロートを施し、ゆっくりと時間をかけて亀頭まで舐めあげていく。

「先っぽから、しょっぱいお汁がいっぱい出てる……」

桜が咥えていたペニスから口を放し、今度はフルートを吹くように肉竿の横部分を吸った。

ジュルルルッ！

ラウンジに卑猥な水音が響きわたる。桜はじょじょに唇を上のほうに移動させ、先端から溢れる先走り汁を、音を立ててすすった。

「おうっ……おおっ……」

スイッチの入った桜は、先走り汁をおいしそうに飲んでいる。

このままじゃ出す――そう思ったとき、シャワー室のあるほうのドアに人影が見えた。

「人が来る」

桜の肩を押し、俊則は浴衣の前を合わせてペニスを隠す。そして、テーブルにあった飲み物をコンビニ袋に入れた。

入ってきたのは、見事な寝癖に、寝ぼけまなこの青年だった。ラウンジにある自動販売機のジュースを買いに来たらしい。

桜と俊則は、臭いでバレる前に、そそくさとラウンジをあとにした。

5

「バレたっていいのに……」

酔った桜が、暗い個室の中で俊則に囁く。また酔いが覚めたら、落ちこむのは桜だ。だから、俊則の個室に連れてきて他人の目から隠す必要があった。

「よくないよ。せっかく、セックスするなら楽しくしないとさ……あとでつらくなるセックスなんて、あんまりよくないって」

桜の片目から、涙が伝った。

「あとでつらくなるセックス……そんなのばっかりだったかもしれない……みんな、セックスするときは楽しんだくせに、あとで私のこと……」

俊則は最後まで言わせなかった。唇を重ねて、甘い唾液をすすりながら、服を脱がせていく。つらい記憶を口にするよりは、これから俊則が与える快感でその記憶を塗りかえてやりたかった。俊則の技量でそれができるかわからないけれど――。

(でも、友代さんや課長とセックスしたことで、ちょっと僕も変わったんだ……)

セックスは刹那的な快楽をもたらすだけでなく、考えや行動を変える力もあると気づかされた。友代との一夜の恋で、俊則は彼女を探して夜行列車に乗るようになった。課長――綾美との一夜では、男女のセックスにタブーはないと思い知らされた。

(二人にはたっぷり教えてもらったんだ……今度は、僕が教えてみよう……)

キスをしながら、手を乳房に這わせ、Fカップはありそうな柔肉を下から上へとじっくりと揉んでいく。それを幾度かくり返すうちに、桜の腰がもどかしげに揺れた。

「も、もうだめぇ……」

俊則は桜を横たえると、服を脱がせた。

太股に手を置いて、大きく開かせると、まるみのあるヒップと、繊毛に包まれた肉薔薇がまる見えになる。期待の愛蜜でテラテラ光るそこに、俊則は顔を近づけた。

舌を出して、陰裂を下から上に舐める。

「あん、んっ……」

若さあふれる肉ビラだった。肉づきも薄く、色も濃くない。

淫水の香りも、まだ青さの残る爽やかなものだ。年上女性の濃厚な蜜汁を味わったばかりの俊則にとって、桜のこの香りや味は新鮮で美味だった。上下左右に舌を動かして、蜜汁ごと舐めまわしたあと、今度は舌を内奥に侵入させる。

「やぁんっ、舌を生き物みたいに動かさないでぇ……」

桜が、若い肢体をくねらせた。

「前戯っていうのは、こうやって隅々まで舐めるんだ……やってもらっただろ」

「うんんっ……こんなの、はじめてっ……」

俊則は舌で膣を犯すように抜き差しさせながら、指をとがりきった芯芽にあてがう。

「ひゃうっ……」

白臀が跳ねる。濃紺の夜空がひろがる車窓に、若い裸身が映った。

声が少し大きいが、それを抑えさせるのはいまではない。もっと、大きな声を出したあとのほうがいいスパイスになる。

淫乱な文学少女というだけで、充分興奮のスパイスになるのだが——それに加えて、酒を飲んだときの二面性も俊則を興奮させた。文学少女の甘露な愛液を堪能すると、俊則は顔を上げて、屹立したペニスをしごいた。

桜が物欲しそうに舌を伸ばすが、肩を押さえてそれをとどめる。

「私にも、させてぇ……」

行動を制限されるほどに、桜の欲求は深まるようだ。男のモノを求めて腰をくねらせ、愛液の香りをふりまいている。

「ダメだ。いまは僕が桜さんの体を好きに味わわせてもらう時間なんだから」

そう言うと、俊則は女裂にペニスをあてがった。

「はうっ……」

一気に挿入される——そう思った桜は息を吞む。しかし、俊則はまた桜の予測を裏切った。切っ先だけ挿入して、すぐに抜く。

チュプッ、チュッ……。

男根と秘裂の軽いキスがくり返されると、桜は火のように燃えさかる欲情を持てあまして、俊則の浴衣にすがりついてきた。

「挿れて……挿れて、挿れて……」

双眸から涙を流しながら、哀願してくる。

酔った状態の桜の行為を、酔っていない状態の桜が記憶しているのなら——。

それは酔って豹変したのではなく、ふだん抑制されていた望みが解放される、ということではないだろうか。快感で男を翻弄したいという願望——それが酒を飲むと噴き出るのだろう。

桜の願望を満たすだけのセックスでは、噂の種になるだけで、桜が望むような相手とは出会えない。お互いの願望を満たしてこそ、きっと桜のことを大事にする誰かと出会えると教えてやりたかった。

「お願いはちゃんとするんだ。オチ×ポを、桜に挿れてくださいって言うんだ」

やっ……と桜が絶句する。

言葉に敏感なだけに、卑語で責められると反応は抜群だった。

尻から淫水と女のアロマをふりまきながらも顔を背ける。

俊則の目の前に、貝殻のような耳たぶがある。そこに口をつけると、俊則はまた囁いた。

「これくらい簡単だろ、僕のチ×ポを足コキするくらいエッチなんだから」

「それとこれとは別なの……私、言えないっ」

桜が泣きじゃくる。酔った勢いでしか、思いを表せなかった過去の自分を洗い流すように。

口調からすると、酔いはもう覚めているようだ。

俊則は、もうひと押しだ、と思い、亀頭を蜜裂にあてがい、軽く抜き差しした。

「はうっ、もっと、もっとちょうだいっ」

「ダメだ……自分で言ってみて。オチ×ポくださいって」

口淫でたっぷり愛撫されたあとに亀頭でつつかれ、焦らされた桜は、もう耐えられなくなっていた。俊則の尻に浴衣の上から足をからめて、腰を突き出す。そして――。

「さ、桜にオチ×ポを挿れてくださいっ……お願いっ」

涙に濡れた頬を光らせて、俊則に口づけてきた。

桜をさんざん焦らしていた俊則も、限界だった。いきり立ったペニスに手をそえ、濡れた蜜口にあてがうと、腰を一気に突き出した。

ジュブブブブッ！

欲望にたぎった女体はすさまじく淫らな音を立てて、男根を受け入れる。

「ふぁ……ひいいいっっ……」

大声になりそうなので、手で口を覆う。それでも、声は漏れた。

挿入しただけで、桜は頭のてっぺんから、つま先までガクガクと痙攣させている。

「ふひ、ひっ……」

桜が半目をむいていた。

女襞はグイグイと締めつけ、ペニスからの快感を貪ろうとしている。

一回目のセックスのときと、桜の様子が違っていた。相手に身を任せることで、深く快感を受け取れるようになったようだ。

「すごくっ……いいっ……」

若肉が四方からペニスを締めつけてくる。

痺れるような快感が腰をくるみ、俊則は先走り汁を蜜壺の中に噴きこぼす。

二人の愛欲の汁が抜き差しのたびに混ざり合い、淫靡な音と匂いを放っていた。

「こっちもいいよ……」

俊則は首に巻きついた桜の腕をはずすと、浴衣も下着も脱いだ。

全裸になった二人は抱き合いながら、体を密着させた。

律動のたびに、濡れた肌や波打つ柔肉の感触が胸板を通して伝わる。

「桜の肌もあそこも、ぜんぶエッチで気持ちいい」

俊則は桜の耳もとに口をつけ、囁いた。

「はうっ……」

形のよい顎を上向け、桜がのけぞる。結合部からは、愛液の香りが立ちのぼっていた。

耳が敏感なのか、言葉に敏感なのかわからないが、桜は囁き声に強く反応した。

それも、いやらしいことを言われるたびに燃えあがるようだ。

「桜は、いつもこんなにオマ×コをグッチョグチョにさせてるの」

俊則はそう言うと、抜き差しの振幅を大きくして、いやらしい水音を立てた。

「言わないで……はっ……あんっ……」

酔った勢いで足コキするような女の子なのに、自分の秘所の淫らな濡れっぷりを口にされたとたん、清楚な文学少女の顔に戻って、恥ずかしげに喘ぐ。

そのギャップがたまらない。

「オマ×コでチ×ポ咥えながら、おねしょみたいに濡らして恥ずかしくないのかい」

「くううっ……」

桜の体がまた痙攣する。言葉だけでイッたようだ。

律動のテンポをあげていないのに、愛液の量が増え、シーツを濡らしていた。

「こんなにスケベなオマ×コには、チ×ポでしっかり栓をしてあげないとね……」

俊則もまた、淫らな言葉を囁くプレイに興奮していた。

桜の腰をかかえ、愛液が泡だつほど強くピストンを放つ。

「ひうっ……いいっ、いいっ、いいっ……むぐうっ……」

ジュップ、ジュップ、ジュッ、ジュッ……。

卑猥な音に混じって、桜の喘ぎ声が大きくなる。俊則は桜に浴衣の紐を、また咥えさせた。

「くううっ……」

必死で声を堪える桜は、眉を八の字にしながら紐を噛んでいた。

鼻から押し殺した喘ぎ声をあげながら、相貌をふる姿は可憐にしていやらしい。

「見てごらんよ、自分がどんなふうにしてチ×ポを咥えてるか……」

俊則は桜をさらに快楽で追いこむことにした。顎に手をそえ、窓のほうを向かせる。

「むううっ……ひやっ……」

顔を背けようとしたが、俊則は手をほどかない。

車窓には汗みずくの裸身をふりながら、桜と交わる俊則が映っていた。

内奥から熱い蜜汁が溢れるのを感じた。抜き差しするとペニスを伝い、白濁した愛液がシーツに落ちていく。

「まだ物足りない？　だったら、もっとよく見せてあげるよ」

桜が顔をふっているが、俊則はスマホを取り出して懐中電灯モードにすると、結合部を照らした。腰をせりあげ、桜の媚肉が男根を咥えているさまがよく見えるようにする。

「あんっ……いやんっ……」

「暗い部屋の中で、ここだけ光ってるんだ……わかる？　桜のオマ×コが僕のチ×ポを貪っているところが外からも見えるんだよ」

「ふうっ……ふううんっ……」

双臀から垂れ落ちた愛液の、量も匂いも増えていた。

「イカせて……苦しいのっ、はう……はっ……」

桜が双眸から涙を流しながら、俊則を抱きしめる。腰は自然と動き、快感をさらに求めているのか、勃起した芯芽を俊則の腰にすりつけていた。

「気持ちよすぎて、もうダメ……？」

俊則の問いに、桜が大きくうなずいた。その耳たぶを口に含むと、熱を持っている。

(耳の先まで興奮しきって……かわいいな)

ピストンのピッチをあげながら、俊則は耳たぶをしゃぶった。耳穴に舌を這わせ、唾液の音を聞かせてやると、律動のたびに擦れる桜の乳首が硬くなる。耳も桜の性感帯のようだ。俊則は抜き差しを強めながら、耳たぶを咥えては熱い息を吹きかけた。

そうすると、腰のうねりや、肢体の汗がさらに激しくなる。

「い……イク……」

口から浴衣の紐がはずれ、よだれとともにシーツの上に落ちた。

痙攣がはじまりそうだ――そう悟った俊則は、ペニスを引き抜いた。

「えっ……ああんっ、どうしてですか……ああっ……」

桜がこれまで酒の勢いでベッドをともにした相手は、深い快感を与えていなかったに違いない。だから俊則は、性愛の奥深さを桜に教えたかった。

自分が友代や綾美から教えてもらったように。

俊則も絶頂間近の蜜穴からペニスを引き抜くのはつらかったが、これも桜のためだ。

「もうたっぷり、気持ちよくなっただろ」

引き抜いた男根を桜によく見えるようにしながらしごく。いきり立ったままの男根は青スジをミチミチと浮かべ、怒張と呼ぶのにふさわしい姿となっていた。

「いやぁん……イクまでしてくれなきゃいやっ……」

桜が桃尻をふって男根を求めた。身を起こして、ペニスに近づこうとするが、俊則が肩をつかんで止める。

「自分で太股をかかえて、桜のオマ×コにもう一度挿れてくださいって言うんだ。そうしたらハメてやるから」

桜を深く感じさせるためのお預けとはいえ、実のところ俊則もつらかった。怒張はビクビクと跳ね、蜜壺に埋めさせろと主張している。

「あんっ……そんなの無理っ……でも、がまんできないっ」

桜が、ぶるっと尻を震わせた。開いた股の間からドロッとした本気汁が垂れてくる。

言葉で指示され、卑猥なことをさせられることに、やはり快感を覚えているようだ。

言葉への感受性の強い桜だから、こういうやりかただと強く感じるのだろう。

桜が己の太股をかかえて、たわわな桃尻を突き出してくる。

俊則は桜の興奮をさらに高めるために、淫裂をスマホのライトで照らした。

「ほら、自分であそこがどうなっているか、言葉にしてみなよ」

俊則の指示に抗う余裕はないようで、桜は肩で息をしながら唇を開いた。

「真っ赤になったオマ×コがヒクヒクしてる。割れ目から、白いおつゆがいっぱい溢れてますぅ……お尻の穴を通ってシーツについて……あん……オマ×コがオチ×ポ欲しいってお話ししてるみたいっ。見ているだけで、私っ、感じちゃうっ」

桜は己の秘所の様子をつぶやいてから、尻を震わせた。ライトで照らされた蜜壺からは、白濁した本気汁がまた溢れている。

「ねえ、言ったから、桜のオマ×コにもう一度挿れてくださいっ」

桜に自分の体の変化を口にさせたうえ、スマホのライトで秘所を照らして視姦したことで、俊則も息を忘れるほど昂っていた。

「よくできた……ご褒美だ……」

切っ先で蜜肉を撫でると、粘っこい水音が立つ。

「あうっ……挿れて、挿れて、挿れてぇ……」

桜が尻を突き出し、哀願する。男根ですぐに貫かれると思っていただけに、またお預けをくらった桜は、双眸から大粒の涙をこぼしていた。

呼吸が速まり、胸が大きく上下している。双乳の谷間から幾すじもの汗が流れていた。

「顔もあそこも体もぐちゃぐちゃにして、恥ずかしくないのかな」

「ぐちゃぐちゃなのっ。桜を思いっきりオチ×ポでぐちゃぐちゃにしてっ」

桜の耳に、俊則の言葉はもう届いていないようだった。

潤んだ瞳の奥では、渇望の炎が燃えさかっている。乱れに乱れた桜の姿に、俊則も堪えきれなくなり、ペニスを一気に奥まで突き入れた。

「おほおっ……」

待ち望んだ男根での突きを受けた瞬間、桜が嬌声をあげる。

感じすぎて声が抑えられないようなので、俊則はまた手で口を封じた。その手のひらを、桜の舌がチロチロ舐めてきて、くすぐったい。

「オマ×コが喜びすぎだよ……おおっ」

お預けをしていた側の俊則も、限界だった。

ペニスを奥まで入れると、すぐに亀頭まで抜き、また奥まで突く。

振幅の大きな突きをくり出しつづけると、溢れた愛液が寝台の窓に飛び散る。淫らな匂いに包まれながら、俊則は射精に向けたラッシュを放った。

パンパンパンパチュッ！

肉鼓の音を立てないようにしたいが、せきとめたためにふくれあがった欲望は止めようがなく、激しく腰をくり出してしまう。

「あううっ……イク、イクイクイク……」

肉奥をこねるように抜き差しを重ねていると、桜の媚肉が四方から強烈に締めつけてくる。

甘美なうねりに包まれた俊則のペニスは、また桜の肉壺の中で反り返っていった。

「いい、それ、そこを突かれたらもうダメ、ダメダメッ」

グウウウッと桜が弓なりになり、蜜口が食いしめる。

限界寸前になった俊則は、桜の桃尻をかかえて最後のラッシュを放った。

グチュ、チュ、チュチュチュッ！

「ああんっ、もう、イクイクイク、イクウウゥッ」

桜が俊則の手のひらの下で叫ぶ。

子宮口をめがけた深い突きを放つうちに、俊則の背すじを幾度も熱い波が走り——。

「おお、こっちもイク……出るっ」

俊則は己の欲望を決壊させ、桜の奥深くにたっぷりと注ぎこんだ。

そして、桜の上で弛緩する。力を抜いた二人は、ゆっくりとキスをした。

第四章　熟女の手ほどき

1

季節はめぐり、夏から秋、秋から冬となった。

俊則は、年末年始の休みを利用して、またムーンライトながらに乗って飛騨高山にやってきた。

今回は、車中泊を合わせて二泊三日の旅程だ。ムーンライトながらを岐阜で降り、電車を乗り換えて高山まで出ると、高速バスに乗って白川郷《しらかわごう》を訪れた。

（これはご利益なんだろうか。こんなに簡単に見つかるなんて、信じられないけど）

俊則は飛騨高山の居酒屋で濁り酒を飲みながら、津田桜からもらったショップカードを眺めていた。本とコーヒーのイラストがついた、ほっとできる雰囲気のものだ。

「古本の好きな尾道のブックカフェのお姉さんからもらったんです。こっちに来ることがあったら、寄ってねって。もしかしたら、この人が近江さんの片思いのお相手かもしれませんね。だとしたら……すごいじゃないですか。へるんさんのご縁か、出雲大社のご利益かわからないけど、とにかく運命ですよ。うまくいったら、教えてくださいね！」

桜が小泉八雲話で盛りあがったブックカフェの女性は、田原と名乗ったという。友代と同じ苗字だ。それ以外にも共通する部分が多い。もしかしたら——。

俊則は額に手を置いた。友代の言葉がよみがえる。

「古いからって捨てられちゃうのって寂しいでしょ。私が旅先の古本屋さんにふらっと入って本を買うのは、リレーみたいで楽しいからもあるかな。古本は前の持ち主が売ってくれたから、私と出会えた。古本は昔の人からのバトンだと思って、大事にして次の人に渡したいの」

ショップカードには住所と電話番号やアプリのアドレスが載っている。俊則はアプリをダウンロードして、ショップのサイトにアクセスした。そのアプリは写真投稿がメインのもので、写真に店員の姿は映っておらず、店内の様子や新メニューがアップされていた。年を経て落ち着いた色になったカウンターや、壁にたくさん飾られたアンティークの時計、そして、店に備えつけの本棚。お皿に盛りつけられた季節のおすすめケーキ。内装は友代の好きそうなものだったし、おすすめケーキの飾りつけのやさしげな雰囲気に、俊則は友代らしさを感じていた。

（この店に行けば、会えるかもしれない……）

夏に桜からこのショップカードをもらったときは、そう思った。

しかし——もし、それが人違いで、店に友代がいなかったら。もし、友代がいたとして——友代にとって、あの一夜は思い出にとどめたいものであったなら。

（行けばいいのに、勇気が出ない……）

俊則は、電話をかけようとしては指を止めた。ストーカーだと思われるのも怖くて、ためらっている間に冬になっていた。

友代への思いが強いために、会って拒絶されたショックから立ちなおる自信がない。告白したら、一年以上の片思いが終わる。

友代を探すために旅に出て、楽しい思いもした。

思い出の女性は、思い出のままにしておくのが一番いいんじゃないか。

そう自問自答しながら「どぶ」という飛騨名物の濁り酒をあおる。喉が少し熱くなった。

甘口だが、とろりとした舌触りが俊則の心に染みる。

冬の飛騨高山は寒い。

ここも、友代が好きだと行っていた場所だ。

雪が降りつもる白川郷の合掌造の建物群は、文化遺産だけあって趣があった。綿帽子のような雪をかぶった茅葺き屋根と、長い二辺の屋根の間を埋める渋柿色の壁は郷愁をかきたてる眺めだ。昔話でしか見たことのない日本の原風景がここにあった。

水田のあった場所は雪で埋まっていた。夏や春に来たら、さぞかし虫の声が賑やかだろう。

それから、シャトルバスで高台にのぼり、上から眺めた白川郷は壮観だった。

俊則が到着したのは昼間だったので、ライトアップされていなかったが、冬は夜になるとライトアップされるらしい。

(ライトアップは友代さんと見たいな……)

そう思って、昼の観覧にしたのだ。徒歩で高台をくだり、バスが来るまでみたらし団子を買い食いして——それから、また高山駅に戻ってきた。

そしていまは一人、居酒屋で濁り酒を飲んでいる。

店は観光客だけでなく、地元の客でも賑わっていた。なので、団体客もいれば、カウンターで俊則のように一人静かに飲む者もいる。もちろん、カウンター越しに店員とさかんに話をする客もいた。それぞれの客が、それぞれの楽しみかたで料理や酒に舌鼓を打っている。

つまみは飛騨牛の鉄板焼きに、漬物ステーキ。漬物ステーキは冬に凍った漬物を朴《ほお》の葉で焼いたのが始まりらしいが、いまでは漬物を卵とじしたものがB級グルメとして有名になったらしい。白菜漬けの酸味と卵のまろやかさがちょうどいい。七味をふりかけると、酒のつまみに最高だ。俊則は、気さくな雰囲気の店が好きだった。ここは、昭和の雰囲気ある大衆居酒屋で居心地がいい。

（おっと、阿久津にまた写真を送っておかないとな）

今回、阿久津に頼まれたのは、高山本線の車窓からの写真だった。俊則のカメラはスマホ、しかも鉄道ファンでもないので、そんなにポイントを押さえた写真は撮れない。しかし、阿久津が欲しがるので、絶景路線と絶賛されている高山本線ぞいの渓谷やダム湖の写真を送った。

――いいですね！　高山本線は紅葉がきれいな秋が最高なんですけど、冬もいいですね。僕も今度行こう！

スマホの写真でも堪能してくれたらしい。一年以上、友代を探して旅を続けているが、そのたびに阿久津は親身になって話を聞いて、旅行ルートを考えてくれた。

(阿久津には世話になりっぱなしだな)

俊則は阿久津がくれた「幸福切符」キーホルダーを手にとって眺めようとしたのだが——バックパックのジッパーにつけたキーホルダーの金具がまたはずれていたらしい。落ちてなくなっている。

松江旅行のときも落としたので、金具パーツを買ってつけなおしたばかりだ。なのにまた落ちるなんて——どこかに落ちていないかと、キョロキョロあたりを見わたしていた俊則の肩がたたかれた。

「お兄さんが探しているのは、これ？」

目の前に、幸福切符のキーホルダーが差し出される。

「あ、ありがとうございます。これです！」

俊則はキーホルダーから顔を上げて驚いた。目の前には、艶っぽい女性が立っていた。年の頃は四十くらいで、はっきりした目鼻立ちの女性だった。

胸もとの開いた赤の派手なニットワンピースはボディラインを浮かびあがらせてい

た。ボリュームのある胸からくびれたウエスト、張りのあるヒップ──砂時計のような見事なシルエットだ。

ゆるやかにまとめてアップにした黒髪が少しほつれているので、色気が増して見える。つり目ぎみの目もとは力強く、濃い色の口紅の色が少し派手な雰囲気の彼女によく似合っていた。

「大事なものだったみたいね。見つかってよかったじゃない」

女性はカウンターのひとつ離れた席に座っていたようだが、わざわざ立ちあがって、拾ってくれたらしい。席に戻ろうとした女性に、俊則は声をかけた。

「あの、よければ、いっぱいおごらせてください」

「いいけど……きみ、彼女はおらんの」

まさか、飛騨高山にきて九州訛りの女性と会うとは思っていなかったので、俊則は面食らった。

「ええ」

「お兄さん、色男やけん、彼女を待ってると思ったわ」

隣に座った女性が、冷酒の入ったグラスを掲げる。俊則はグラスを合わせた。

「うちも一人旅なんよ。博多《はかた》から息抜きで来たの」

訛りはそのせいか、と合点がいった。

「お兄さんも、白川郷を見に来たの」

「そうです。友達からいい場所だって聞いて」

本当は片思いの相手なのだが、さすがにそれは言えない。

「一人旅、いいですね」

「この年になると、一人のほうが楽でいいんよ」

女性がしみじみとそう言うと、冷酒の入ったグラスをあおった。

「九州からだと、大旅行ですよね」

「そうよ。でも、ときどき静かで、うちのことを誰も知らんところに来たくなるんよ。そういうときは、おいしい日本酒が飲めるところを選ぶんよ」

女性が手酌しようとしたので、俊則が代わりに注いだ。

(そういえば、友代さんの旅の目的がそうだったな……)

誰と話していても、結局は友代のことを考えてしまう。俊則は、カウンターの上に置いたショップカードに目を落とした。

「片思い？」

女性が頬杖をついて俊則のことを見つめている。

「えっ、えっ、いや、その」

「あはは、鎌かけただけなのに、そんな簡単にひっかかっちゃダメよ、お兄さん」

女性が陽気に笑う。

「うちの名前は吉里真理子《よしさとまりこ》いうんよ。お兄さんの名前は」

「僕は近江俊則といいます」

「近江ちゃん、近江君、じゃ硬いね……あんたはいまから、とし君ね。とし君、カード見ているときの目が、こうなっとったよ」

そう言って、真理子が両手の人さし指と親指を合わせてハートマークを作る。

「いやいや、そんな、それは、その」

「慌てすぎやけん。そんなんだから、バレるんよ」

真理子が笑い声をあげる。

「旅は道連れ言うからね。お姉さんが、その片思いの話、聞いてあげるよ」

そう言って、真理子が俊則のグラスに濁り酒を注いだ。

2

「若いねぇ、若いっ。お姉さんは三十八やけど、そういう甘酸っぱーいの大好きよ。ところで、うちの手袋、とし君知らん？　片方落としちゃったみたいなんよ」

元気な感じの真理子だが、足下はおぼつかない。

居酒屋を出て、二軒目のスナックでも真理子は陽気に歌い、飲んだ。

俊則の片思いの話はすっかり忘れていたと思ったのに、真理子の宿へ送っていく途中、またその話をしはじめたのだ。

高山市の中心を流れる宮川《みやがわ》に架かる鍛冶橋《かじばし》を渡っている途中、俊則は奇妙な像が欄干に乗っていることに気がついた。

あぐらをかいたいかめしい顔の男が上に手を伸ばしている像なのだが、その手がやたらと長い。

「これは手長《てなが》像、向かいにあるのは足長《あしなが》像っていうんよ」

道路を挟んで向かいにある欄干には似たような顔つきの銅像がある。こちらは立像で、しかも足がやたらと長い。

「こういう名物も作っていかんと観光客は楽しめんし、街は古くなっていくけんね」

飛騨高山の街は、京都に似ている。雅《みやび》さやそういったものではなく、土地の文化を残していこうとする気概がだ。京都も飛騨も、新しいものを取り入れつつ、昔からの景観を守るために地元の人たちが努力しているのがわかる。

懐かしい、と俊則のような観光客が思える景色があるのも、努力があってこそだ。そうでなければ、古いものは新しいものに流されて消えていってしまう。

飛騨は、街ぐるみでその流れに負けないようにしているように思えた。

(だから、友代さんはこの街が好きだったのか……)

鍛冶橋から、雪の積もった宮川の夜景を見ていると、友代もここから眺めていたのかもしれない——そんな気がした。

「とし君、まーた、彼女のこと考えとうの?」

真理子が俊則の前に顔を出し、見あげている。

「いや、そんな、そんなことないですよ」

と言いつくろうが、図星なので俊則は慌てた。

「こう見えても、うちは博多でスナック二軒経営してるんよ。男心はよーくわかっとるけん」

「そうなんですか」

「そうよ」

真理子の白い息が宙を舞い、宵闇のなか消えていく。新雪を踏む、サクサクという音が響いていた。

「なんで忙しい時期に一人旅しとうのって思っとうね」

「……あっ、それは考えてませんでした」

「正直すぎよ、とし君は。そこは嘘でも、そうなんですかー、言うもんよ。相づちひとつでも、この人うちのことわかっとる、って思うと、女はうれしくなるもんやけんね」

真理子が俊則の腕をぎゅっと抱きよせた。俊則のダウンジャケット越しでもわかる豊かなバストが、腕に当たっている。そして、手袋せずにいたので冷たくなった俊則の手に、真理子は手袋をしてないほうの手を重ねると、自分のウールのコートのポケットに入れて、また歩きはじめる。

女性と手を握ったまま、ポケットに入れるのははじめてだ。俊則の心音が高なった。

「うちが一人旅するんは、誰もうちを知らんところで、好きにしたいからなんよ。好きに寝て、好きに食べて……それがうちの命の洗濯なんよ。毎日が忙しいから、年に一度はこうせんと、どうにかなってしまいそうやけん。そんな贅沢できるようになったんも、ここ最近やけどね」

旅行は非日常。だからこそ自分を解放できる——。

また友代のことを考えてしまう。非日常で出会った俊則が、友代の日常に現れるのは、果たしていいことなのだろうか。

「こーら、とし君。うちのような、いい女が目の前にいるのに、まーたあの子のこと考えとうね。そんなにその子のことを好いとうの？」

「……はい。だから怖いんです。偶然とはいえ、手がかりが簡単に得られて。幸運の先に、落とし穴が待ってそうな気がしちゃって怖いんですよ。会っていやがられたらどうしようとか、そんなことばかり考えちゃいます」

「しょうがない子ねえ。行く先々で神頼みしても、すぐ叶うなんてそうないよ。とし君がいい子やけん、神様が手助けしてくれた思えばええんよ」

「僕はそんなにいい人間じゃ……」

「いい子よぉ。とし君はいい子。うちはいま、とし君といっしょにいて楽しいし、ほっとできとるよ。とし君、見返りなしに誰かを幸せな気持ちにするって、大事なことよ。とし君はそれができる子なんよ。だから、みんなが手助けしたくなんよ」

「そうでしょうか……」

「もう、じれったいねえ、とし君は。うちが景気づけしてあげるわ」

「景気づけ？」

首をかしげる俊則の横で、真理子が手を上げた。タクシーが止まると、俊則をタクシーに乗せて、真理子が行き先を告げる。

行き先は、真理子が宿泊している旅館のようだ。

「男に景気づけるいうたら、これに決まっとうでしょ」

真理子がデニムの上から股間に手を這わせる。冷たい手で触られた驚きと、タクシーの中で愛撫されたことの衝撃で、ペニスは無反応だ。

「緊張しとうね……しかたない子」

俊則の手を取った真理子が、ニットワンピースの胸もとに導いた。そのまま、まるく盛りあがった乳房を触らせる。

「とし君の指、冷たい……あぁんっ……いいわぁ……」

タクシーの運転手が、ぎょっとした様子でルームミラー越しにこちらを見る。俊則は手を引っこめようとしたが、ペニスに快感が走って動きが止まる。股間を見ると、真理子はデニムの上をじっくりと撫で、裏スジを探りあてるとそこを長い指でくすぐっていた。

「手が冷たいから……乳首がすぐコリコリになっちゃうんよ……」

初老の運転手は、前方に集中しているふりをしながらも、全身を耳にしてこちらの音を聞きもらすまいとしている気配がある。それがわかるから、俊則は集中できないでいるのだが——。

真理子は、固まったままの俊則の指先を勝手に動かして、乳首をいじらせていた。

(乳首があったかくて、やけどしそうだ……)

寒さと緊張でこわばっていた指が、柔肌の熱でほどけていく。最初は誘導されるまま乳頭を撫でていた指が、真理子に快楽を与えるように動きはじめる。

真理子がコートの首もとのボタンをはずし、俊則が腕を動かしやすくした。襟もとから入った手を動かすたびに、赤いニットのバスト部分が不自然に盛りあがる。体にフィットしたデザインのニットだけに、いやらしさが増して見える。

ゴクッ……。

運転手が、つばを飲んだのが聞こえた。

運転手に見られている——それを意識すると、萎縮してしまいそうだが、真理子はニットの上から俊則の手をつかんで放さない。

「こういうの、ドキドキするよねえ。うちも好きなんよ。ドキドキするの……」

真理子が、俊則の後頭部に手をそえて引きよせる。赤い唇の間から出た舌が俊則を迎え、二人は顔と顔の間で舌をからませ合った。

ジュルッ、ジュッ……。

卑猥な音を響かせながら、熟女に舌を吸われながら肌を撫でているうちに、俊則のペニスは猛っていく。

「おにーさん、このまま、十分くらい流してくれん？　チップはずむけん」

真理子が艶美な笑みをバックミラーへと向けた。

運転手が、ミラー越しに真理子を見ている。そこに、戸惑いの色が浮いていた。

「うちも、ちょっと燃えたいんよ」

お客さん、困りますよ——そう言われると思ったのだが、運転手は黙っていた。

ギャラリーのいる状況でこんなことするなんて——そう思いながらも、指は真理子の熱くなった乳首をしきりにこねている。

「とし君のエッチな指で、うちも燃えてきた……」

真理子が俊則のデニムのフロントボタンをはずすと、痛みが少し薄れる。白い指がジッパーにかかり、ジジジジジ……と音を立てながら下りていった。

大きく盛りあがったペニスがボクサーパンツを突きあげていて、先走りの臭いがそこからひろがる。

「とし君、ずいぶん我慢してたんねえ……エッチな匂いば、いっぱーいさせて」

真理子の手が、ボクサーパンツを下ろし、男根に触れた。少し冷たい手で肉筒をくるまれ、俊則の体に鳥肌がさぁっと浮いたが、手が上下動をはじめるとすぐに冷たさを忘れていた。

ンッ……チュッ……チュッ……。

唇と手淫の立てるいやらしい音が、密室の中を満たしていく。

タクシーの運転手が、窓を少し開けた。

「お客さん、す、すいません……私がのぼせそうで……」

運転手の声がかすれている。

「いいんよ。こっちが無理させとるんやけん……お兄さんにもサービスできなくてごめんねぇ。うち、こっちで忙しいから今度ね」

真理子が、腰を軽く上げて、スカートの中に両手を入れると、ストッキングとレースのついた派手なショーツをいっしょに下ろした。

「とし君、うち、もうできあがっとうの……指でいいから……して」

運転手に見えるように大股をひろげて、愛撫を誘う。

熟れた指づかいでペニスをしごかれているうちに、理性は押し流されていた。顔を押しつけるように深い口づけをしながら、俊則は真理子の秘所に手を伸ばす。

「あんっ……手が冷たいっ……」

しかし、そう囁く真理子の吐息は熱い。そして、秘花もとろけて、俊則の冷たい指を咥えていた。指の冷たさが心地よいのか、真理子は首をうねらせながら、甘い声を出した。

「僕の冷たい指も、すぐにあたたかくなりますよ……やけどしそうなくらい、グチョグチョのあそこが熱いから」

俊則はキスの雨を真理子の頬に降らせながら、指をこねくりまわす。

クッチャ……ヌッチュ……。

熟女の蜜壺は、歓喜の愛蜜と淫らきわまりない音を放ちながら愛撫に応えていた。

「あんっ、きとると……とし君の、エッチな指がきとるとよ、あんっ」

俊則は返事がわりに指の動きをダイナミックにした。振幅を大きくして、派手に音が立つようにすると、はじける音が耳を打つ。

それとともに、真理子の手の動きも激しくなった。

「真理子さん、ここでそこまでされたら……僕も出ちゃいますよ……」

腰から背すじに、痺れるような快感が這いあがってくる。タクシー運転手の前で前戯をしても、さすがに発射はまずいと理性が囁く。

「そう言われると、もっとイタズラしたくなっちゃうわぁ……」

真理子が筒にした指のピッチをあげてくる。男なれしているのか、手の愛撫だけで男を絶頂に導けるテクニックの持ち主だった。

口でダメと言っても聞かないのなら——。

俊則は指をぐるりと内奥でめぐらせた。

「あひっ……いっ、いい……」

快感で真理子の動きが止まる。その機を逃さず、俊則はシートベルトをはずして、真理子の股間に覆いかぶさった。そして、抜き差ししている指の真上に屹立する、女の真珠を舐めまわす。

「くうっ、きとると、きとると……とし君の舌が熱くて、うち、うち……」

真理子の手が、ペニスから離れて、後部座席のヘッドレストをつかんでいた。

とがらせた舌で、しつこいくらいに女芯をねぶる。右に左に舌を動かすと、唾液に粘り気の強い愛液がからんでくる。車内に、女の匂い——潮に似た匂いがひろがる。

「イッていいですよ……ほら、見られながらイキたいんでしょ……」

この密室には二人だけではないとほのめかすと、真理子が「あうっ」とのけぞった。

快感にのめりこむうちに、タクシー運転手の存在を忘れていたようだ。

それを意識した真理子は、羞恥からか愛液をどっとこぼしてきた。それを、音を立てててすりながら、俊則は真理子の相貌を見あげた。

「はん……うち、うち……おかしくなるっ……あっ……ああ、見られてるう……」

蜜裂を舐めまわす俊則からは運転手の様子は見えないが、ミラー越しに視線を感じて、真理子は視姦と秘所からの快感で絶頂にいたろうとしていた。

熟女の太股が震え、それが全身へと波及していく。俊則はそこで手をゆるめず――さらに指でのピストンのピッチをあげていく。

ジュジュッニュプッ!

熟れた秘所から、粘度の高い音が放たれる。俊則が芯芽を、音を立てて吸うと――。

「あうっ……イク、うち、イク……イクゥッ!」

真理子は全身をガクガク震わせながら、タクシーの中で達した。

俊則も身を起こし、後部座席に身を預ける。異常なシチュエーションでの愛撫に興奮していた。タクシーが着く前に、猛りをおさめないと、デニムの中に入らなさそうだ。

「お返しさせて……」

真理子もシートベルトをはずし、俊則のペニスに覆いかぶさった。やわらかく、熱い口唇が男根をくるむ。

「ダメです、真理子さん、ここでそれされたら……あっ……あぁっ……」

しかし、俊則が止める間もなく、真理子がペニスを吸引していた。

長い髪を片手で押さえながら、Oの字にした唇を締めつけ、細い首をしならせる。

達したことで潤んだ口内と、熱い舌の愛撫に、俊則は若い欲望を抑えきれない。

「おひひいわぁ……ん、ジュルッ、ジュッ、チュプッ……」

うっとりした様子で真理子は首をふった。俊則のうなじが悦楽でカッと燃える。

「うっ……ああっ、真理子さん、ダメ、ダメですっ……」

しかし、真理子は亀頭のあたりで口をすぼめながら、首をふるのをやめない。締めつけられる快感と、ペニス全体への振動で、先走りが筒先から湧いて出る。

快感という快感を与えられた俊則に限界が迫っていた。しかし、他人の前で達するのはさすがにいやだ。そう思ったのだが、限界はとうの昔に超えていた。舌で裏スジを舐められたとき――。

「イクイクイク……出る……ああっ」

俊則は真理子の口内に白濁を放っていた。ビクンビクンと腰を震わせ、牡の欲望を熟女の喉にぶちまける。真理子は喉を鳴らして、すべて飲みこんだ。

「とし君の、おいしい……」

うっとりした様子で口をはずした真理子が、ペニスをハンカチで拭った。

「お客さん、着きましたよ」

二人の前戯が終わるのとタイミングを合わせるように、タクシーが真理子の泊まっているホテルの敷地に入った。

「お兄さん、ありがとね……これ、おつりいらんけん……」

真理子は二万円を差し出した。チップにしては多額なのだが——運転手は黙って受け取った。紙幣をつかんだとき、タクシー運転手が真理子を見てまたゴクリとつばを飲みこんだ。

(そりゃそうだ……こんな美人が、こんなにエッチなら)

身支度をして降りるとき、俊則は自分の幸運に驚いていた。

美しく、淫らな女性は男の夢だ。自分がそんな女性とタクシーで淫猥な行為をくりひろげたことが信じられない。

（もしかして……幸福切符のおかげ……それともパワースポットめぐりのおかげ？）

バックパックからぶら下がった幸福切符のキーホルダーが目に入った。真理子といっしょに飲むきっかけになったのはこれのおかげだ。

しかし、俊則は偶然が重なっただけだと思って、頭をふった。

「次はうちの部屋で続きしようね、としー君っ」

真理子が唇を舐めた。赤い舌に白い樹液がついていて、牡の臭いをふりまく。

それは、このうえなく妖艶な笑顔だった。

3

「お風呂がある部屋って、いいよねえ。落ち着けるわぁ」

真理子が湯から出した手で、首すじを撫でていた。

並んで湯に浸《つ》かる俊則は「ええ……」とぎこちなく答えた。

露天風呂の縁には、冷酒の入ったお盆が置いてある。

「雪見酒も、おいしい」

グラスの中の冷酒を口に含んだ真理子が微笑む。

空から舞い降りる雪が、露天風呂のまわりの灯りに照らされていた。

俊則は真理子の部屋にいた。俊則が予約していたのは飛騨高山のゲストハウスだが、それをキャンセルさせ、真理子はこの旅館に連れこんだのだ。

(一泊いくらなんだろ。高級旅館ってやつだよな、仲居さんもすごいし)

遅い時間なのに、部屋にすぐ仲居がやってきた。客が一人増えたと真理子が伝えると、手ぎわよく布団を延べてくれた。情事の香りを漂わせる二人を見ても驚いた様子もなく、微笑みを残して部屋をあとにした。

部屋は二間続きで、床の間のある広い部屋に布団が敷かれ、その隣の部屋には間接照明と座卓が置いてある。そしてその奥に、高山の夜景が見わたせる露天風呂がある。部屋の温泉はとろみのある泉質で、長旅の疲れがとけていく。

「ここ、いくらですか。僕も出しますよ……」

真理子はスナックを二軒経営していると言っていたが、とてもそうとは思えない。この旅館の常連だとするとスナックではなく、高級クラブのママさんなのでは——と俊則は考えていた。

「もう、とし君ったら、けなげでかわいい子ね」

ちゃぷっと音を立てて、真理子が湯の中で俊則の腕に抱きついてきた。

右腕に、たわわな乳房が当たる。俊則の指は湯の中でそよぐ真理子の陰毛に触れていた。

「こんなに高そうな宿に、タダで泊まらせてもらうわけにはいかないでしょう」

「タクシーであっという間にうちをイカせてくれたお礼よ」

「そ、それは勢いでしただけで、その、あの……」

と言い合いしている間にも、真理子の肌が密着しただけで男根はむくりと起きあがっていた。

「タダで泊まるんがそんなに気がひけるなら……ここの宿泊代ぶん、気持ちよくしてくれればよかよ。どう？」

真理子が俊則の目をのぞきこんでいた。

「とし君なら、できるよね」

湯の中で、白い手が俊則のペニスをくるんでいた。

「この、大きいのを、とし君の好きなところに挿れてくれればええんよ……」

真理子が身を乗り出し、俊則の腕を乳房で挟む。キリリと勃った乳首が、欲情を伝えていた。

温かく、心地よい湯に浸りながらペニスを刺激され、切っ先が反り返っていく。

「そ、そんなに、僕のは大きくないです……うっ」

「うちは、大きいと思うし……この反りがたまらんのよ。早く、これをうちの中にいれてほしい」

ペニスに絶え間なく愉悦が与えられるうちに、欲望は高まっていた。

「そこまでされたら、僕も、もう……」

俊則は真理子を抱きよせた。真理子も抗わず、腰を寄せてくる。白臀が湯の中でゆらめき、反り返ったペニスに近づいた。

「とし君……お願い……抱いて……」

真理子が肩越しにふり返り、せつなげにつぶやく。

俊則は堪えきれず、腰を上にくり出した。

「はうっ……入ってくるっ……あううっ……」

タクシーで達して、そして、いままた俊則のペニスに愛撫をしていたので、真理子はたっぷり濡れていた。

湯をかき分け、切っ先が粘り気のある蜜汁に触れる。そのまま肉ビラを二つに割って肉竿が、熟女の内奥に入っていく。

「ああ……真理子さんの中、あったかいです」

雪が降っていた。空からひらひらと舞う白片が、湯に落ちて消えていく。

そんな詩情あふれる景色の中で、俊則は真理子を露天風呂の中で貫いていた。

「ああん……やっぱり、とし君のは大きいわぁ……」

ため息まじりに吐いた真理子の熱い息が、湯気と溶け合う。

俊則は真理子の肉壺へゆっくりと男根を入れていく。性急にしてもよかったが、それよりも、湯が体をほぐすように快楽で真理子の体をほぐしていきたかった。

「ねえ、もっと早く挿れて……ねえ……」

熟臀を揺らしながら、真理子が俊則をせかす。

「ここの宿代ぶん気持ちよくなりたいのなら、おとなしくしてくださいね……」

俊則は真理子の顎をつかんでうしろを向かせると、唇を合わせた。

部屋に入ってから歯を磨いた真理子の口は、ミントの爽やかな味と、日本酒の香りがした。舌をねっとりとからませると、馥郁《ふくいく》たる日本酒の香りが口内に満ちてくる。

俊則がそれをさらに味わうように舌をめぐらせると、合わせた唇からいやらしい水音が立った。

「あふっ……ふっ……ふうっ……」

鼻腔《びこう》から甘い息を漏らしながら、真理子が尻を揺らめかせた。ペニスを半ばまで呑みこんだ肉壺は、もっと欲しいといわんばかりに吸いつき奥へと誘ってくる。

その誘いに乗りたいが、俊則は先走り汁をこぼしながら耐えた。

「とし君……お願いよ、うちにぶちこんでっ」

堪えきれなくなった真理子が、唇を離して訴えた。

このときを待っていた俊則は、腰を思いっきり上に突きあげた。

ズブブブッ！

肉壺をかき分けて亀頭が奥へと突き進むと——下がっていた子宮口をつつく。

「おううっ、いいっ」

真理子が尻をヒクつかせ、のけぞる。

温泉に浸ったままのセックスははじめてだったが、ベッドでのセックスとは違う快感に満ちていた。柔肌の気持ちよさと、温泉に包まれる心地よさが相まって、ため息が止まらない。

「真理子さんの中は、温泉より熱くなってますよ」

俊則は真理子の耳に口づけながら、腰をくねらせた。

「はぁぁあああっっ……中かきまぜられたら、うち、おかしくなるっ」

タクシーで燃えあがっていた体に、火がついたようだ。腰をさかんにふりたて、俊則のペニスから快感を引き出そうとしている。しかし、俊則は真理子の豊腰をつかんで動きを封じた。

「とし君、どうしてそんなことするんっ。イタズラはだめ」

「オマ×コかき混ぜるのは、こっちの役目だからですよ。真理子さんはおとなしくしていてください」

経験豊富なだけあって、体が勝手に動いてしまうのだろう。自由を奪われると、真理子はつらそうだ。しかし、それが快感を深めると俊則は旅で枕を交わした女性たちから学んでいた。

「動きたいのぉ……あっあああっ、あんあんっ」

真理子の白い肩が、ヒクついた。

俊則がまた腰をグラインドさせたのだ。エラの張った切っ先で、膣壁をかくように刺激すると、真理子の唇から、ため息と喘ぎ声が漏れ出る。

「真理子さんのオマ×コが熱い。これじゃ、僕、のぼせちゃいますよ。抜いて涼もうかな……」

「いやっ、抜かんで。うち、このましたいんよっ」

「僕がのぼせてもいいんですか。ひどいな、真理子さんは……」

「ひどいんは、とし君よ。うちをこんなふうにしておいて、焦らすけん」

真理子が抜かれては困るとばかりに、尻をくねらせる。

少し意地悪なことを言っただけで、蜜肉の締まりはよくなり、激しく乱れる。

「焦らされると真理子さんがエッチになるからですよ」

「うちは、そんなんないからっ、だから、焦らすのはやめてっ」

しかし、言葉でいじめればいじめるほど、締まりはよくなる。

俊則は真理子の乱れる様子を眺めながら、腰を抱いて立ちあがった。

「ひゃあああんっ」

雪舞う夜空に、熟女の艶やかな声が吸いこまれていく。旅館は隣室との間もたっぷりあるらしく、聞こえるのは庇《ひさし》からの水滴の音くらいだ。

繋がったまま立ちあがった俊則は、真理子をかかえたまま湯の中を歩いていく。

「くうっ、はうんっ……」

湯をかき分けるときの、ちゃぷちゃぷという音に、結合部から卑猥な音が重なった。

真理子の秘所は、湯に負けぬほど濡れている。しかも、歩かれるたびに、切っ先が奥深くに当たるらしく、それでもまた甘い声をあげた。

「も、もう無理っ、気持ちよすぎぃ……」

真理子はあと数歩で露天風呂の縁に手をつけられるのだが、その数歩が踏み出せないようだ。

快感が強すぎるのか、真理子は動きを止めて、喘ぎつづけている。

「ゴールはもう少しですよ……ほら、がんばって歩いてくださいよ」

「気持ちよくて、うち、もう歩けんよ……」

「しかたがないなあ……真理子さんは……」

俊則は繋がったまま、真理子の両腕を背後からかかえると、そのまま腰をくり出しはじめた。

「はうっ、あっ、あっ」

バフッ、パンッパンッ！

熟女の喘ぎと豊臀が波打つ音が、ぼたん雪が降りしきる庭に響く。

白い太股のあたりで、とろみのある湯が波打ち、行為の激しさを物語る。

「真理子さんのお尻、やわらかいですね。チ×ポ出すたびに、僕の腰に当たってくすぐったい」

「やんっ、そんなこと言わんでっ」

熟臀に若腰が打ちつけられるさまが露天風呂の周囲にある、暖色系の灯りに照らされていた。

バックで抜き差しすると、結合部が俊則からまる見えになる。白尻の谷間が赤黒い怒張を咥えている眺めは、俊則の欲情をかきたてた。

「あっ、あっ、あんっ……激しいっ……」

真理子の体がグラグラ揺れていた。

湯のものか、体温のものかわからぬ湯気を放ちながら、熟女は背すじをなまめかしくくねらせる。

快感が深まるほどに膝から力が抜け、立っていられないようだ。

「あと少し、がんばりましょうよ。ね？」

そう言って、俊則が繋がったまま、湯をかき分けて歩き出す。

「ほ、ほううっ……」

紡錘形の乳房を揺らしながら、真理子は俊則に促されるまま前に出た。

一歩前に出るたびに、つなぎ目から溢れた愛液が、湯の中に紋様を描きながらひろがっていく。

（白くなってる……本気汁だ……）

本気汁を出すほど真理子が感じていると思うと、俊則の興奮も深まった。

膣内で切っ先がまた反り返る。

「あひっ……とし君だめぇっ、そんなに、オチ×チンでくすぐられたら、ひっ」

つなぎ目から熱い愛液がトロトロと溢れ、太股を濡らしながら湯の中に落ちていく。

「僕はなにもしてないですよ……エッチだな、真理子さんは」

「違うんよ、とし君のオチ×ポが、うちのいいところに当たるんよ……」

ペニスが肉壺内で反り返ってから、真理子の反応が桁違いになっていた。

白い肌を桜色に染めて、相貌から汗をしたたらせている。

「いいとこって……子宮口ですか……」

「ああん、わざととぼけて……憎らしいわぁ。とし君のオチ×ポが、うちのGスポットに当たるんよ。もう、女に言わせるなんて、ひどいっ……」

真理子が肩をくねらせながら、喘ぎ声とともにそうつぶやいた。

(Gスポットって聞いたことがあるけど、本当にあったんだ……)

俊則はそれほど経験豊富ではない。夜行列車の旅をはじめるまで、性の知識はかつての彼女との淡泊なセックスと、アダルトビデオから得ていた。

「僕のが当たってるんですか、そこに……」

「そうよ、オチ×チンがすごく反っているから、おしっこの出るほうが擦られて、うち、たまらん気持ちになってるんよ……」

俊則は真理子がGスポットだという場所に意識を集中させてみる。

(ここかな?)

見当をつけた膣壁のあたりを、反りを増したペニスの裏側で撫でてみると——。

「おっ、ほうっ……ふうっ……」

真理子が黒髪を揺らして身もだえた。子宮口のようにわかりやすい感触はないが、そこをいじったときの女体の反応で場所がわかった。そして、ここが女性の急所だということも——。

(ほんの少し動いただけでこんなになってる……)

真理子の喘ぎ声は大きくなり、体がのけぞっていく。奥深くを突かずに、俊則はGスポットを狙うように小刻みな抽送をくり出した。

「ああん、ダメ、ダメ、とし君、ああっ、うち、うち……」

ヌチュチュッ、チュッ……。

抜き差しの音が重みを増したので、俊則は結合部に目をやって驚いた。つなぎ目から溢れた白い粘液が、蜘蛛の糸のように俊則の腰と真理子の白臀にくっつき、ゴムのように伸縮している。

「真理子さんの本気汁がすごい……エッチすぎます……」

自分が真理子をここまで乱れさせているという実感と、Gスポットをくすぐられるたびに締めつけを強める襞肉の快感が、俊則を大胆にさせていた。

真理子の手をぐいっと引いて、思いっきり腰をくり出す。

「あ、ひいいっ……」

のけぞると、乳房がぶるんっと音を立てて揺れていた。その乳房をうしろからわしづかみにして、キツめに揉みしだく。

「そっちもされたら……はぁん……」

鼻にかかった声で、真理子が喘ぐ。俊則はこれで終わりにする気はなかった。指を伸ばして、コリコリになった乳頭をくすぐり、そこでも快感の声をあげさせる。

「いい、気持ちいいところ、いっぱいいじられたら、うち、たまらんのっ」

真理子が泣き声になっていた。背後から貫いているので、表情が見えないのは残念だが、その声でも男心は沸きあがった。

俊則は両足と体幹に力をこめ、それから真理子の膝裏に手を通して持ちあげる。

「あっ……ひいいいいっ……い、イクッ」

甲高い声をあげて、真理子が頭を打ちふっていた。片足だけで体重を支える体位になり、膣内に居座るペニスの存在感が増したために、真理子が痙攣している。

「中がすごいヒクヒクして、吸いついてきてます……」

体位を変えて、子宮口とGスポットを同時に刺激できるようにしたとたん、アクメに至ったようだ。しかし俊則はタクシーで一度射精しているので、まだ余裕があった。

（湯船の縁に手をつかせて立ちバックもよかったけど……ここでこのまま……）

俊則はそう決意して、腰を上下に動かしはじめた。

バスッバスッバスッバスッ！

振幅が少ないぶん、突きのたびに放たれる音は重かった。

立位なので子宮口にかかる圧も強いらしく、真理子がまた昇りつめていく。

「はうう、うち、うち……もういかんの。もう、イクのっ……ああっ」

真理子は派手に痙攣すると、俊則の腕の中で果てた。

4

「うん……うち……」

真理子が、うっすらと目を開いた。

「イキまくって、失神したんですよ」

俊則は真理子の濡れた肌をバスタオルで念入りに拭いて、裸体の上に浴衣をかけていた。

「あれ。とし君、さっき、あんた……イッとらんの？」

俊則を見て、真理子が目をまるくした。

「あっ、あの、これはその……」

浴衣を着たのだが、さっきの性交で射精しなかったので、欲情したペニスが浴衣の裾から顔を出していたのだ。

「うち、とし君を欲求不満にさせちゃったの……悪いことしたねぇ……」

真理子がふわっと微笑む。先ほどまで見せていた妖艶な表情とは違う、慈愛あふれる微笑みに、ドキッとする。

「お口も、あそこもしたけん……こっちで、する？」

真理子がうつ伏せになると、腰を突き出した。そして、ネイルされた指先でうしろ穴をひろげる。白臀の中央に、薄褐色のしわがある。そのしわが少し伸び、内側の紅鮭色の肛道が見えていた。

「とし君、こっちは好き？」

アヌスは綾美のおかげで経験済みだった。

しかし、綾美のように性に貪欲な人は珍しいくらいで、そうそうアナルセックスを求めてくる女性はいないと思っていたのだが——。

「うち、言ったでしょ。とし君のでぜんぶ気持ちよくしてほしいって」

タクシーで聞いたときは、体を好きにして、という意味だと思っていたのだが、真理子からすれば、すべての穴での性交を意味していたのだ。

放出していないペニスが、また反り返った。風呂からあがったときにタオルで拭いたばかりだが、亀頭は期待の先走り汁でぬらぬら光っている。

蜜肉とは違うアヌスでの快感を思い出し、俊則はつばを飲みこんだ。

「あ、アヌスは準備いるじゃないですか。ほら、あの……」

「わかっとうのね、とし君は。大丈夫よ……女はね、いろいろ持ち歩いてるんよ」

真理子が自分の旅行鞄に目をやった。俊則は意図をくみとって、それを開く。

ブランドのロゴ入りバッグには、ポーチ類が入っていたが、その中に美容グッズらしきものがたくさんはいったものがあった。それを見せると、真理子がうなずいた。

ポーチの中には、かわいらしいパッケージのボトルが入っている。

「これは……」

「ローションよ……マッサージ用に使えるの……あと、お尻でのセックスでも……」

微笑みが淫靡なものに変わる。ゾクッとするような色気を放つ真理子へと、俊則は夢遊病者のような足取りで向かった。

「宿代ぶん、気持ちよくしてくれるんよね」

潤んだ瞳に期待をこめて、真理子が見ていた。

「もちろんです」

俊則は帯をとり、浴衣を脱いだ。真理子の浴衣もはぎとり、二人とも生まれたままの姿になる。久々のアナルセックスへの期待で、ペニスは臨戦態勢に入っていた。ギチギチに漲り、すぐにでも発射したいとヒクついている。

「もしかして……両方でイキたいんですか」

おずおずと聞いてみる。許可なくアヌスに挿れて、せっかくの夜を台なしにしてしまっては、真理子に申し訳ない。

「そうよ……そう言っとるのに……焦れったいくらいやさしいのね、とし君は」

慈愛と淫靡さの混じったまなざしが、俊則の心をくすぐる。

真理子の腰の下に、俊則と真理子の体を拭いたバスタオルをひろげる。そして、自分のペニスに真理子のローションを塗りつけた。

「あっ、とし君……それ……」

「ど、どうかしましたか。これはアヌス用のローションじゃ……」

「アナルローションにもなるんやけど……気持ちよくなる薬も入ってるんよ」

つまり媚薬――ということだろうか。媚薬と謳っている商品はあれども、本当の媚薬なるものは存在しないと俊則は思っていた。熱く感じる成分が入っていて、そう錯覚するだけだ――と思っていたのだが、ローションを塗ったとたん、ペニスから疼きがひろがってきた。見る間に怒張に青スジが浮き、反りがキツなる。

「と、とし君見ていたらたまらなくなってきたわぁ……うちにも塗ってぇ……」

真理子が自ら太股を開いて、花弁をくつろげた。口を開いた紅花からは、期待のとろみ汁が溢れて、バスタオルまで濡らしている。

俊則は、疼くペニスをいますぐそこに埋めたい欲求と戦いながら、ローションを秘所の上から垂らしていく。陰毛にかかった蜂蜜色のローションが、ゆっくりと花弁にかかり、内奥から溢れたとろみ汁と混ざり合っていく。そして、それが蜜穴を通りすぎて肛門にかかっていった。

すると――。

「あふううっ……」

真理子がのけぞった。まだ触れてもいないのに、ローションだけで体に火がついたようだ。

「うち、オチ×ポ好きの牝やけん……挿れてぇ……」

弓なりになった真理子が、豊乳を揉みしだきながらうめく。あまりにもなまめかしい姿に、俊則はクラクラしながらも、もっと狂わせてみたいというほの暗い欲求も抱いていた。

(しかも、自分で自分のことを牝なんて言って……マゾなのかも)

倒錯した行為も男の欲望をそそるが、淫らな言葉もまた俊則を興奮させていた。

畳の上に投げ出されていた浴衣の帯を手に取ると、頭の横でくねっていた手首を重ねて縛める。

「あんっ、とし君、なにするん……むうう……」

それから俊則は真理子の頭の横に膝をつき、いきり立ったペニスを咥えさせた。

媚薬ローションのせいなのか、性に貪欲な熟女の姿を見たせいなのかわからないが、普段の俊則ならしない行為だった。

「むうっ……ふぐっ、むんっ……」

真理子の美貌がゆがんだ。男根を口内に突き入れるたびに、頬が盛りあがる。

ペニスで口を犯している状況が、俊則の欲望を加速させた。

開いたままの股間に手を伸ばし、ローションと愛液まみれの秘所を指でかき混ぜる。

「はぐっ……ほうっ……むううっ……」

苦しげにひそめられた眉、変形する頬、そして股間からのクチャクチャという粘っこい音が俊則を酔わせていた。

已の乳房に手を這わせて、快楽を貪ろうとする真理子だったが、俊則は帯の結び目をつかんで、床に押しつける。

「ふうん、うううんんっ」

もっと快楽に溺れたいのに、それを封じられた真理子が、身も世もなく泣いた。

双眸からはきらめく涙をこぼし、股間からは白濁した本気汁を垂らしている。

陰毛は愛液とローションで肌に貼りつき、その肢体はさらに淫靡に見えていた。

「僕、もう我慢できないですっ」

俊則が男根を引き抜くと、開いた唇から、チュポンッと音が立つ。幾すじものよだれが唇と亀頭の間を結んでいた。俊則は真理子の秘所に猛りをあてがうと、一気に奥まで突き入れた。

「ほおおおっ……」

声は露天風呂で出したときよりも大きかった。

旅館の静寂を破るような、切れぎれの声。しかし、この旅館には、客のどのような欲望も呑みこむような広さと奥深さがあるような気がした。ひとつひとつが離れになった客室だから、露天風呂であれほどの声をあげても大丈夫なのだ。

プライバシーが保証されていれば、人は大胆になれる。もてなしの心とは単なるサービスではなく、客の欲望を受け入れる度量なのかもしれない。

「ここなら、いくらでも声出していいんでしょ。さっきだって、外で牝の声出していましたもんね。ほら、女じゃなく、牝になりきった真理子さんの姿を僕に見せてくださいよ……」

俊則が囁くと、真理子は、

「はひ、ひいっ……牝になる。牝になっちゃうのっ」

そう、うわごとのようにつぶやいて、下腹を波打たせた。

腰は淫猥きわまるダンスをくり出し、ペニスをくるんでくる。媚肉が四方から押しよせる甘美な快感に、俊則はうめき声をあげた。

(やっぱり、マゾッ気あるみたいだな……牝って言われたら、すごく締めてくる)

牝と自分で言っておきながら、俊則は気が気でなかった。

（ノリで言ったにしても、あとで謝ろう……）

そう思いながらも、猛りきった肉棒を蜜肉で暴れさせる。突くたびに角度を少し変え、一番の急所であるGスポットに当たるか当たらないかのところで抜き差しさせた。

「とし君、ええんよ、ひいっ、ひいっ……」

真理子が腰をくねらせ、Gスポットでの快楽を求めるが、俊則は巧みに逃げまわる。女の急所を突かずとも、柔肉へ快感を充分に与えられていたからだ。

（この媚薬ローション、すごい効き目だ……）

全身汗まみれになり、悶え狂う真理子の様子を見てもそれがわかる。反応と、蜜肉のからみつきの強さがすさまじく、露天風呂でのセックスですら前戯と思えてくる。

俊則のペニスにも変化が訪れていた。エラの下のあたりがひどく敏感になっていた。律動すればペニスに快感が走るのは当然なのだが――この快感は桁違いだ。

綾美に前立腺マッサージされたときのような、異次元の愉悦がペニスに迫ってくる。

「はうっ……とし君、いじわるやめてぇ……突いて、Gスポットいじめてぇ……」

うりざね形の相貌を狂おしげにゆがめながら、汗まみれの真理子がさらなる快楽をせがんでいた。

「いいですよ……どうなっても知りませんからね……」

俊則は真理子の太股をかかえて結合を深くすると、抜き差しの振幅を大きくした。

パスパスパスパスッ！

重みのある肉鼓の音が、畳の匂いが満ちる離れにこだまする。

「はひっ……ほほおおおっ……いい、いい、きとると、きとるとよっ」

相貌を左右にふる真理子のこめかみから汗が散る。

腰を本能的に上下にふりたて、俊則の男根からの快楽を逃すまいと動いていた。

反り返ったペニスの切っ先が、抜き差しのたびにGスポットをくすぐる。そのたびに、真理子は大きな声を出して、のけぞった。

「無理、無理、無理、とし君、うちも無理やけんっ……ひっ、ひいいっ」

快楽があまりに大きすぎて、真理子は限界を迎えていた。ヒイヒイと喘ぎながら目からは涙を、口からはよだれを垂らしている。

蜜肉もこれ以上ないほど強烈な圧搾で俊則を締めつけてきて、抜き差しすらままならないほどだ。バイトで鍛えた足腰をフルに使い、俊則はその動きに抗う。

「あううっ……それ以上動かれたら、うち、うち……イ、イクウウ！」

ブシュッ！　ブシュユウウッ！

真理子の秘所から、大量の潮が噴き出した。絶頂に達した真理子の蜜肉の締めつけに抗いながら、俊則は数度強烈な突きを放つと、己の欲望を決壊させた。

ドクンッ！　ドクドクッ！

二度目の吐精にもかかわらず、量は多い。

「ひっ……熱いのがきとうっ……はふっ……」

蜜壺を白濁で満たされ、真理子はまた激しく達する。縛められた腕をヒクヒクさせながら、肢体をくねらせた。さらけ出された青白い腋下《えきか》から、むわっと汗の匂いが立ちのぼる。

それが、つなぎ目から溢れた精の臭いと混ざり合い、クラクラとするようないやらしい香りがあたりに満ちる。

すべてを中に注ぎこんだ俊則は、ペニスを引き抜いて驚いた。

（まだギンギンだ……）

媚薬ローションというのは本当だったらしい。二発も出して、疲れているはずなのに、男根はすぐにでも挿入できそうなほど猛っている。青スジが浮き、愛液と精液が白いまだら模様を描いているペニスは、俊則のものではないような威容と迫力があった。

（僕の気持ちも、なんか変だ……）

ペニス同様、俊則も次の標的に埋めたいという欲望ではちきれそうになっていた。

媚薬ローションを手に取り、達したばかりの真理子の秘所にそれを垂らす。

「は……はぁぁぁあああっ……あそこが燃えちゃう、燃えちゃう」

余韻に浸っていた真理子の瞳が、カッと開かれた。

豊腰をさかんにふりたて、陰裂から肛穴に走るローションの熱から逃れようとする。

そうすると、股間から溢れた愛欲のミックスジュースがあたりに飛び散り、さらに淫らな眺めになるのだが——火照りと掻痒《そうよう》感にさいなまれた真理子に気づく余裕はなかった。

「ぜんぶの穴で牝にしてって言ったのは真理子さんじゃないですか」

俊則は、ココア色のすぼまりに指を這わせて、クリクリと円を描く。

「ああんっ、言ったけど……でも、こんなに感じたら、うち、どうにかなってしまうけん。これ以上は体がもたんのっ」

熱い吐息を吹きこぼしながら、真理子が身をくねらせる。

「普段できないことをするのが旅でしょ。旅先でどうにかなるくらいイキまくれたら最高じゃないですか。イキ狂う真理子さんを見せてよ」

俊則がそう囁き、中指を肛道の中に挿れた。初対面の男にアナルセックスをせがむだけあって、うしろ穴は清められていた。指をゆっくりと抜き差しさせると、真理子が声をあげる。

「ああんっ……オマ×コも、お尻も気持ちよくて、うち、とろけてしまいそう……」

達したために脱力し、膝を外側に大きく開いた真理子の姿は、だらしなく、いやらしい。俊則はアヌスで指を動かしながら、空いているほうの指を蜜穴に埋めこんだ。

「きゃうっ……両方いっしょなんて……せつなすぎて、ああんっ……」

口ではいやがるようなことを言っているが、蜜壺はとろけていた。二穴に挿れた指を交互に抜き差しさせると、最初は精液が溢れてきていたが、次第に牝の本気汁が出るようになっていた。

俊則が二穴の間にある薄肉を挟むようにして、指をねじこむと——。

「くううっ……また、またイクううっ！」

雷を食らったように体を震わせる。

絶頂に至るたび、肛道はほぐれていく。いまでは二本目の指を軽々と呑みこんでいた。蜜肉が男根を求めてヒクつくように、アナルセックスの快感を知る肛肉もまた、入口を収縮させ、太いものの挿入を求めていた。

「今度は、こっちで牝にしてやりますよ……しっかり見ててくださいね……」

俊則は真理子の頭の下に枕を縦にして入れて、上体を少し起こさせた。自分の肛門にペニスが突き刺さる様子が、これならじっくり視姦できるはずだ。

俊則は真理子の視線を感じながら、指を三本に増やし、ゆっくり抜き差しさせる。己の肛肉のしわが伸び、生き物のように大きく口を開いて男の指を三本も咥えているのを眺めるだけで、真理子は興奮しているようだった。

「そんないやらしいのを見せられたら、うち、うち……」

期待で息が荒くなっている。

「ああん、うち、もう我慢できんの……挿れてっ、とし君のを、お尻に挿れてっ」

真理子がたわわな乳房を打ちふりながら、アナルセックスをせがんだ。

理性のタガがはずれるのを待っていた俊則は、アヌスの指を引き抜くと、ペニスに手をそえて肛肉にあてがう。

「自分からアナルセックスしたがって、びっくりするほどスケベですね」

俊則はゆっくりと腰を進めた。

蜜壺とは違うので、性急に動かしてはいけないと綾美から教わっていた。まだ二度目のアナルセックスなのに、俊則はひどく落ち着いている。

二度の射精のおかげで、冷静さを保てているのかもしれない。後穴が亀頭のエラ部分を受け入れるまで、すこし抵抗があったが——そこをくぐり抜けるとスムーズだった。俊則は肉幹で、アヌスの締めつけを堪能していた。

「どっちでもチ×ポ咥えて……スケベすぎですよ」

「うちもだけど……とし君だって、エッチよ……」

「エッチになったのは、真理子さんのせいですよ。どっちでも牝になりたいなんて言うから」

男根は四分の三ほど埋まった。アヌスなれしているからか、肛肉がリズミカルに締まってくる。

「お、おお……」

俊則は思わずうめいていた。蜜肉とは質の違う締めつけに、射精欲が高まっていた。

（まだだ……ピストンもしてないのにイクなんて……）

額の汗を拭いながら、俊則は腰を進め——ようやくすべてを埋めた。

「ああんっ……とし君で、お尻の穴がいっぱいになっとう……」

うっとりした様子で、口もとをほころばせる。真理子は、縛められたままの手を下ろして、俊則の乳首に指を這わせた。爪の先を触れるか触れないかのフェザータッチでくすぐられ、俊則のペニスがアヌスの中で跳ねた。

「き、きもちいい？　これ、両方の穴にぶちこんでくれた、お礼よ……どう？」

「いい……です、アヌスもオマ×コも、エッチな真理子さんは最高です」

手首を縛められたままでも、指先は自在に動いて、とがりはじめた乳首をクリクリと転がしてくる。アヌスと乳首で快感味わい、俊則もまたうめいていた。

射精欲にこのまま身を任せてしまいたいが、己の肛門をぐっと締めて堪えた。

「もう、僕もイキたい。いっしょにイキましょうよ……」

俊則はそろそろと腰を引いて、ゆっくりと前に出した。穏やかな抽送だが、昂った二人には大きすぎる快楽だった。

「はぁあああんっ……いい、いいわぁっ」

「締まるっ……いいアヌスだ……ああっ」

二人はあられもない声をあげて、互いの体から快楽を受け取っていた。媚薬ローションのおかげで、ぬめりはよく、動いても尻肉を痛める心配はなさそうだ。

俊則は様子を見ながら、律動のピッチをあげていく。

「お、ほおおっ、そう、そうよっ、そのリズムなの、もっと、もっとぉ」

蜜穴とは違うので、同じペースのピストンはできないが、それでもペニスには充分な快感が伝わってくる。真理子は蜜壷で達して火照っていたので、すぐに達しそうな勢いで悶え狂っていた。

「あふっ……いい、お尻がひろがっちゃう、オチ×ポでいっぱいになっちゃうっ」

悦楽のために俊則の乳首をいじる指が止まっていた。いまは鼻を鳴らしながら、腰をふっている。俊則が結合部に目を向けると、そこからは精液と愛液の混ざったものがドロドロと溢れていた。蜜穴が寂しそうなので、俊則は人さし指と中指をそろえ、そこをズブリと穿《うが》った。

「おふううっ……ああっ……こっちもなんて……いいっ……」

熟女の肌が、オイルを塗ったように汗で濡れていた。

俊則が陰裂で指をめぐらせれば、真理子がすすり泣く。しかし、その快感は真理子のものだけでなく、薄肉を隔てた俊則のペニスにも波及していた。

「た、たまらないです……指が動くと、僕も気持ちよくて……」

ピッチが自然とあがっていく。もちろん蜜肉でのセックスよりゆるやかだが、アヌスでこれは充分はやい。指を同じリズムで抜き差しさせると、アヌスの食いしめがキツくなる。

「こんな贅沢なセックス久しぶりよ……ああ、ああんっ」

形のよい鼻梁を震わせ、真理子が甘え声を漏らす。

「僕も、いいです……ああ、ああっ……」

肛肉がキリキリとペニスをくるみ、俊則の我慢も限界に近づいていた。

二度放出して、今回は余裕があると思ったのだが——倒錯した状況でのセックスで興奮しているせいか、早くも射精しそうになっている。

「もうちょっと、動いていいですか」

「いいよ、うちを犯してぇ……」

その言葉で、俊則の欲望が解き放たれた。本能のまま腰を揺すぶり、アヌスからの快楽を享受する。その間も、指での蜜穴責めを忘れない。

ヌチュ、ヌッチュ……。

蜜肉での性交時に鳴り響く肉鼓よりもひそやかな音を立てながらも、俊則は快感の階段を昇っていく。

「あんっ、あんっ、いい、いいっ、いくっ……うちの中に、中に出してぇ！」

愉悦に耐えかねた真理子が、俊則の肌に爪を立てた。

アヌスが強烈に食いしめてくる。

「おお、おおっ……出る、もうダメだ……おおっ」

俊則は堪えに堪えた欲望を、真理子の肛道に放出させた。

三度目は二度目から間を置かなかったので、樹液はそんなに出ないと思ったのだが、深い欲情のためか、思ったよりたっぷりと出た。

何度かに分けて精を出しつくすと、俊則は真理子の上に身を投げ出した。

二人とも荒い息をして、快感の余韻に浸っている。

「とし君……とし君……」

よだれまみれの唇を、真理子が俊則に重ねてきた。

「真理子さん……」

二人は快楽と唾液を分かち合った。

余韻をじっくり楽しんだあと、俊則は結合をほどいて、真理子の隣に横たわる。

「いい子、いい子よ……とし君は……」

汗まみれの相貌を輝かせ、真理子が微笑む。

「はじめて会った女にやさしくできるいい子のこと、忘れられんと思うんよ」

なんの話かわからず、きょとんとする俊則の左胸を、真理子の指がとんとついた。

「とし君のここにずっといる女の子の話。居酒屋でもずっとその子の話ばっかりしとったじゃないの。とし君のように、その子も思っとうかもしれんよ」

「でも、いきなり逢いに行って気持ち悪がられたら……」

「ひと目見たら、それでわかるはずよ。とし君のことをどう思っとるのか。もし、ひと目見てダメやったら——とし君をうちの恋人にしてあげる」

真理子が俊則の顔を両手で挟んで、じっと目を見ている。

「だから、一度行ってみればええんよ」

「なんで……そんなにやさしくしてくれるんですか」

「旅先でやさしくしてくれた人に、やさしくするんは当たり前でしょ。うちのわがままにぜーんぶつきあってくれた、エッチでやさしい子やけん、幸せになってほしいんよ、とし君には」

「真理子さ……あっ」

三度も放出して、すっかり萎えていたはずのペニスがまた息を吹き返していた。

「媚薬ローションはじめてだからか、よく効いてるねえ……とし君、どうする?」

真理子の淫靡な流し目を受けて、断るすべはなかった。

俊則は、真理子にまた覆いかぶさった。

第五章　君を見つけて

1

　俊則は、尾道駅から徒歩十分ほどのところにある千光寺公園《せんこうじこうえん》から、山陽本線《さんようほんせん》をスマホで撮影していた。阿久津が絶景というだけあって、公園からは尾道水道ぞいを走る山陽本線が一望できた。少しレトロな車輌が、紺碧の海をバックに走っているだけで絵になる。

　写真を撮ると、阿久津に送った。

　――いいですね。尾道、また行きたいですよ。

　一昨日、真理子に背を押され、俊則は予定を急遽変更して尾道に向かった。

ネットで検索するよりも、鈍行での旅なら阿久津のほうが早いし確実だ。なので、LINEを送ったところ、即座にどの路線に乗るか、乗換駅はどこか、トイレスポットはどこか、駅そばはどこか、尾道に泊まるならどこかまで、事細かに教えてくれた。

阿久津はいま、バイトで稼いだお金で年末の東北乗り鉄旅をしているという。朝の九時台なのに、すでに電車に乗っているようで、写真も送られてきた。車窓からの眺めは一面の銀世界で、どこのものかはわからないが、阿久津が楽しんでいる様子が伝わってくる。

――あとで頼まれていた場所の写真を送るよ。ありがとうな。

そうLINEを送ると、楽しみにしてます、と返事がきた。

阿久津がアドバイスへの礼として求めたのは、尾道の階段踏切など、鉄道がらみの写真だった。

俊則はポケットからショップカードを出して眺めた。

財布に入れて、何度もくり返し見ていたので、少しくたびれている。

(ここにいけば、会えるのかな……)

このカフェに友代がいる保証もないのに、勢いだけで高山から尾道まで青春18きっぷで来てしまった。新幹線を使えば楽なのだが、新幹線は帰省ラッシュのために満席で、ずっと立ってこなければならない。鈍行の旅は高山から大阪に出るまでが大変だったが、大阪から姫路《ひめじ》までは新快速があるので思ったより楽だった。その後も、列車は年末のわりに混雑もひどくなく、座って尾道まで来ることができた。

宿がとれるか心配だったが、ゲストハウスに空きがあって、そこに泊まった。急遽決まった宿だったが、古民家をリノベーションした落ち着けるゲストハウスだったのは、思いがけない幸運だった。

尾道は、俊則が泊まったゲストハウスのように、懐かしさの詰まった町だ。駅前の商店街には地元の店が並び、全国でチェーン展開している店はほとんどない。喫茶店の看板には「甘味・ぜんざい」とあって、これもまたレトロでいい。

東京から離れて働くなら、ここもいいかもしれない、と思わせるところだった。

写真を撮りながら、俊則は課長の芳賀綾美に出す企画書の中身を考えていた。

ショップカードに書かれているカフェの営業時間は十一時から。ゲストハウスを十時にチェックアウト後、千光寺ロープウェイで山頂駅まで来て、俊則は時間をつぶしていた。

千光寺公園に見所はたくさんあるのに、俊則は緊張のあまり上の空だった。

いまの時刻は十時五十分。そのカフェは十一時開店だ。この公園から百メートルもない場所にあるからすぐ行ける。ちょっと早いかな、と思いつつ俊則は向かった。

狭い坂道と階段を下りて、横道に入ってまた坂道を下りて——近くに来たはずなのに、なかなかたどり着けない。同じ場所をぐるぐるまわっているような気がする。

(神様、迷ってたどり着けないなんて、情けないオチはいやです。お願いです、友代さんと会わせてください)

そう思って角を曲がると、カフェの前に木製の看板を出している女性がいた。

友代だった。

俊則の心音が跳ねあがる。ワンピースにエプロン姿、そしてミディアムヘアをひとつに束ねた友代が視線に気づいて、俊則のほうを見た。かなり驚いた様子で、口もとに左手を当てている。

左手が太陽の光を反射してキラリと光った——正確には、その薬指が。

前に会ったときにはなかった、左の薬指にあるリングの意味は明白だ。

——友代は既婚者。

「あなたは——」

友代の声を聞いて、俊則の体がカァッと熱くなる。しかし、頭の奥からは血の気が引いていた。

「こんにちは。た、たまたま旅行で通りかかっただけで、それだけです」

俊則がぎこちなく、そう声をかけると、店の奥から若い男が顔を出した。

「いらっしゃい。どうぞ」

にこやかに声をかけられた。おそろいのエプロン。二人の距離の近さ。

俊則は片思いが砕け散ったと改めて思い知る。

「ま、また今度来ますっ」

俊則はふり返ると、もと来た道を駆け出した。

晴れあがっていた空に雲がかかり、一気に暗くなる。空は俊則の心を映しているようだった。

電話一本かければわかることなのに、それすら怖くて尾道まで来てしまった。

そして、その結果がこれだ。

まるでストーカーだ。情けない。かっこ悪い。坂道を駆け下りていく。石段の先に踏切があった。そこを渡ると甲高い警報音が鳴り、遮断機が下りてくる。

俊則は、遮断機の先にあった石段で足を止めた。

長旅の疲れと、叶わなかった思いが押しよせる。

(みっともないな、二十三にもなって……)

日光のぬくもりがなくなったとたん、空気が冷える。風の冷たさが、ちぎれた心に染みた。

踏切の警報音に、列車の近づく音が重なった。

（そうだ……阿久津に写真、頼まれていたんだ）

ショックで呆然としていたのに、すぐ阿久津への写真が撮れたのは、なにか行動していないと気が変になりそうだったからだ。踏切を貨物列車が重々しい音を立てて通りすぎていく。

俊則は、スマホをかまえて撮影ボタンを何度か押した。

貨物列車が通りすぎた。俊則の、撮影ボタンを押していた指が止まった。

画面に、友代が映っていた。スマホを下ろして、友代を見る。

夢ではない。友代がそこにいた。

友代はエプロンをはずしていた。駆けてきたらしく、肩で息をしている。

曇り空が割れ、空から幾すじもの光の柱が射しこんで、二人を照らしていた。

警報音はまだ続いている。友代が、それに負けないような大声を出した。

「お、お茶。お茶をうちのお店で飲みませんか」

周囲には誰もいない。俊則も大声で返す。

「でも……ご迷惑じゃないですか。結婚してたの、知らなくて……」

俊則がそう言うと、友代がぷっと噴き出した。

「これは……フェイク。カフェに来たお客さんに言いよられてから、魔除けがわりにつけてるの。さっき店にいたのは兄なんです」

「じゃ、じゃあ……」

遮断機が上がった。友代が駆けよる。ずっと探していた女性が近づいてくる。

「偶然なのかわからないけど……私、また会えてうれしいって思ってます」

俊則の前に立った友代が、笑顔を見せた。

ふっとラベンダーの香りがした。俊則がずっと追い求めていた香りだった。

（神様って、本当にいるのかも……）

俊則は、うれしさのあまり力が抜けそうになりながら、そう思った。

2

友代の店は古い空き家を改装して、数年前に開店したのだという。コーヒー焙煎を兄が担当し、料理の得意な友代が食事とスイーツを担当している。

漆喰の白壁と墨色の柱、そしてアンティークの椅子やテーブルが店のトーンに合っていて、モダンで落ち着ける。

店の奥一面にある大きな本棚には、半分ほど本が埋まっていた。

ランチタイムが一段落すると、友代が俊則を尾道水道ぞいのカフェに連れ出した。店だと兄がいるので、話しにくいらしい。

窓からは尾道水道を行き来するフェリーが見える。

「地元でずっとお菓子づくりやお料理をしていると煮つまっちゃうし、食の流行もわからなくなるから」

ということで、定期的に各地に旅に出るのだという。

「友代さんは勉強熱心なんですね」

「違うの。ただ、食いしん坊なだけ」

カップを持った友代がはにかむ。微笑むとえくぼが浮くのがかわいらしい。

「どうして──あのあと、連絡先を交換せずに行っちゃったんですか」

俊則は本題を切り出した。

友代はしばし目線を下ろしたあと、俊則のほうを見た。

「怖かったから、かな。ここにいる私を見てもわかるでしょう。普通の女だから。旅先だから、素敵に見えたのかもって思ったの。普段の私を見たらそうでもないって思われる。そう思うと怖くて。あの夜が素敵だったから、俊則さんを幻滅させたくなくて……だから、逃げちゃった」

友代の頬が桜色に染まっていた。火照るのか、手のひらを頬に当てて押さえている。

「僕は——友代さんを探して、友代さんが好きだって言っていた場所を旅行してたんです。そしたら、いつか会えるかもって」

俊則は、琵琶湖、松江、飛騨に旅行した話をした。

友代の目が見開かれる。俊則は、旅行先の松江で大学生の津田桜からショップカードをもらい、もしかして、と思ってここに来たと告げた。

「松江の……ああ、あの子ね。あの子もへるんさん——小泉八雲が好きだって言ってたから、話が合ったの」

「僕は会いたかったんです、友代さんに。あの夜からずっと……こんなこと言ったら、気持ち悪いって思われるかもしれないけど。だから、神頼みもしまくりました。おかしいですよね」

出雲大社、日吉大社に比叡山、金神社……行く先々で手を合わせた神社仏閣の話をした。

「思いません。だって、私も、あの夜が忘れられなくて……」

俊則はおずおずと手を伸ばして、テーブルの上に置かれた友代の手に重ねた。

「じゃあ、僕ら……両思いだったんですね」

「この年でその言葉を聞くの、新鮮かも」

友代は薄茶色の瞳にやさしげな光を宿して、俊則を見ていた。

「ディナータイムの仕込みがあるから、もう行かないと……俊則さん、お店が終わったら、いっしょに歩きませんか」

俊則はうなずいた。友代のカフェでご飯を食べるのは気が引けたので、商店街の定食屋で食べ、そのあと、有名な映画のロケ地めぐりをし、尾道にたくさんいる地域猫の写真を撮って時間をつぶした。

朝、千光寺公園に行くときは足取りが重かったが、いまは軽い。

友代は、九時近くに店から出てきた。

エプロンの上にコートを羽織り、小さなバッグを肩からかけている。気どらない姿でも、友代はまぶしく見える。二人は歩き出した。

「疲れたでしょう」

「くたくた。でも明日はお休みだから、気が楽なの」

「これから、どこに行きますか。少し、飲みに行きます？」

「……私の部屋じゃ……ダメかな」

「くたくた……ですよね」

俊則の股間が期待で熱くなる。

「疲れていても……ずっと会いたい人が目の前にいたら、そうなっちゃうでしょ」

そう言った友代が俊則の頬に手を当てる。手はしっとり汗ばんでいた。

「友代さん……」

「友代って呼んで」

家は、歩いて五分ほどのところにある古い平屋の一戸建てだった。

木製の玄関ドアを友代が開けたとき、俊則はもう我慢できなかった。

「友代……いや、やっぱり友代さんって呼びたいな」

そう言って、うしろから抱きつく。

友代はうしろ手にドアの鍵を閉めると俊則のほうをふり返り、唇を重ねてくる。

夢見ていた女性とのキスは甘く、俊則の頭をとろけさせる。

唇を重ねるだけでは物足りず、すぐに舌を潜りこませた。友代も舌をうねらせ、からめてくる。

クチュ……クチュ……。

玄関先で音を立てながらしばらくキスしていると、友代が唇を離した。

「ダメ……我慢して。一日中働いて汗臭いから、先にお風呂入らないと……」

友代が玄関から廊下を歩き、左手にある引き戸を開けて電気をつけた。そこはリビングらしく、二人がけの小さなソファとテーブル、観葉植物がたくさん並んでいた。

「寒いから、エアコン入れて……それから、お風呂に……」

エアコンを入れて、友代がカーテンを閉めた。俊則は背後から抱きつき、顎をつかんで、うしろを向かせる。

また、唇を重ねた。湿った音を立てながら、唾液を交換する。

そうしながら、俊則は服を脱いでいった。

「ダメ、まだダメ……」

友代は荒い息でそう言うが、自分の服に俊則の手がかかっても、なすがままだった。

「一年半探したんですよ……友代さんだって一年半、僕を待っていたんでしょう。だったら、僕と同じ気持ちなんじゃ……」

「そうだけど……ああん、だめ……お風呂に入らせて」

うわごとのようにつぶやく友代は、すでにブラとショーツ姿にされていた。

「お風呂入る時間がもったいないんです……しましょうよ。ねえ……」

俊則は友代を抱きよせ、ソファに座る。いきり立った若竹は下着を押しあげ、先走りで濡らしている。それが、友代の逆ハート形のヒップに当たっていた。

「俊則さん、もう、こんなに硬くしてるの……」

「友代さんだって、ビショビショでしょ……」

俊則が腰を前後に動かすと、下着越しに互いの性器が擦れ合った。そこからグジュっと音が立つ。

「やっ……」

恥ずかしがって手で顔を覆おうとした友代の両手を払って、俊則は腋の下から手を入れた。ブラジャーを脱がさず、布の上から乳房の蕾を刺激する。

「あん、んっ……」

キスだけで、友代は昂っていた。指を数度往復させただけで、コリコリ音がしそうなほど、乳首が勃っている。乳首を布地越しに愛撫されると、腰がもどかしげに揺れ出した。太股はぴったり閉じられているが、それでもラベンダーの香りに混じって、女のアロマが漂ってくる。

（もっと感じさせたい……）

俊則は、ブラジャーをめくって、乳首だけを出した。

ぜんぶ脱がせるより、清楚なスカイブルーの下着から、ツバキのように色づいた乳首が突き出ているほうがいやらしい。俊則は乳暈を直に撫ではじめた。

「はうっ……あうっ……」

腰が揺れている。女のアロマがさらにむわっとひろがる。

「俊則さんっ……どうして……どうして……」

友代が乱れていた。乳首を刺激され、感じてきたところでブラジャーをめくられたので、直に触られると思ったようだが——俊則は朱色の乳暈を触るが、肝腎の乳首は触らない。

焦らされるうちに、友代の横顔に淫らさが入り交じってきた。

「どうしてって……友代さんをいっぱい悦ばせたいんです。ずっと、したかったから……いけませんか」

俊則は焦らしたあげく、乳首をつまんだ。

「はううっ……いいっ」

乳首をつままれただけで、友代が喘ぐ。

コリコリの乳首をひたすら指で撫で、これ以上硬くならないところまで興奮させていく。

すると——。

「匂いがすごい……友代さんのあそこの匂いが……」

「やんっ……お風呂に行かせて、俊則さんっ」

友代の首すじに汗が浮いていた。部屋はまだ暖まってもいないのに、二人は汗まみれだ。

乳首だけでこんなに悶えるのなら——俊則は膝の上に座らせた友代の足を開かせると、閉じられないように、自分の膝を友代の太股の手前に入れて固定した。

「お風呂に入ってない、あそこの匂いがひろがって、いやらしいな」

俊則は友代の耳たぶを噛んだ。

「はんっ……」

ブラジャーから乳頭だけを出した淫らな姿で、友代が肢体をくねらせる。大きく開き、すじの浮いた内ももからは、男の本能を刺激する匂いが放たれていた。

俊則は、ブラジャーから突き出た乳首を刺激して、よがり狂わせながら、片手をじょじょに下ろしていく。そして、ショーツの上から濡れた秘所を撫でた。

「あんっ……そ、そこっ……」

友代のヒップが大きく揺れた。クロッチに触れただけで、音が立つほど濡れている。

「グジョグジョですよ。僕のことが好きなの、それとも僕のエッチが好きなの？」

ダイヤ形の染みが浮いたショーツの、蜜穴のあたりに指を突きたてる。

「くううっ」

八畳ほどのこぢんまりとした部屋に、友代の甘い声が響く。

ずっと聞きたいと思っていた友代の声を聞いているだけで俊則は興奮し、ペニスが反り返っていく。

「どっちが好きなの。教えてくれないと、先に進みませんよ」

俊則は女体遍歴で、焦らすことが互いの官能を深めると学んでいた。男根もパンパンで、できるなら、いますぐにでも友代に突きたてたい。

しかし、一年以上かけて探し求めた女性と、簡単にまぐわりたくはなかった。

（お互いに、最高に気持ちよくなってから、繋がりたい……）

挿入すらしていないのに、俊則の背は愛欲の汗で濡れている。

友代も恥ずかしい答えを迫られ、体中に汗をかいていた。

「りょ、両方なのっ……ああっ、言ったわ、だから、俊則さん、してっ、お願いっ」

友代の手が愛おしげに俊則の頬を撫でる。

「エッチですね、友代さんは……」

俊則は友代をソファに横たえた。ショーツのクロッチを人さし指で横にずらすと、中指で縦スジを撫でる。触れるか触れないかのフェザータッチで焦らされた友代がのけぞった。

「あんっ……あんんんんんっ……」

挿入が来ると期待していたらしく、この物足りない愛撫でもどかしさがさらに募ったらしい。

ヒップでの卑猥なダンスは激しくなった。いきり立ったペニスに、振り子のように揺れる桃尻が当たりつづける。

「指にハチミツがついたみたいになっちゃいましたよ……すごくエッチな体だな」

「だって、俊則さんがいじわるするから……ああ、あんっ、もう我慢できないっ」

友代は俊則の反り返った男根に、尻を擦りつけて挿入を求めていた。

「いじわるなのは友代さんもですよ。あの日、僕に連絡先を教えてくれればよかったのに」

「もう、言わないで……お願い、挿れてっ、我慢できないの」

哀切な声をふりきることはできなかった。俊則は友代のショーツを下ろし、自分も猛ったペニスを出した。そして、腰を突きあげたが――あまりに濡れた蜜口のせいで、ツルッと滑って挿入できない。

「あふううっ……ひどい、いじわるすぎるの……ああんっ」

肩をくねらせ、尻をふりたてる友代の声が震えている。

「欲しかったら、自分でつかんで挿れてくださいよ……欲しいんでしょ」

唇を耳にかなり近づけて囁くと、それだけでまた肢体が揺れた。開いた大股の間からは、蠟涙《ろうるい》のような雫がしたたり、黒いレザーソファに斑点をつくっていく。

「いじわる、いじわるなんだからぁ……」

そう言いながらも、友代の声はやわらかい。

友代が俊則の肉棒をつかんで、己の秘口にあてがうと――。

「はあぁんっ……これなのっ……これが、欲しかったのっ……」

友代はそう叫びながら、腰を突き出してくる。

俊則も、ずっと探し求めていた友代とのセックスに圧倒されていた。肛門をきゅっと締めなければ、いきなり射精してしまいそうなほど感じている。

「大きい……ああ、俊則さんの、いい……」

肉襞が俊則のペニスをくるみ、内奥に導くように蠕動する。友代が俊則をいかに求めていたのか、蜜穴のズブ濡れぶりからわかる。

プチュ……。

俊則の陰毛が友代の白臀に当たった。

「ようやく、ひとつになれましたね……」

俊則が友代の顎をつまんで上向かせる。大きな双眸からは、涙がこぼれていた。

「と、友代さん……」

驚いた俊則が、涙を指で拭いてやる。

「気持ちよくて……涙が止まらないの……今日はいっぱい抱いて……」

友代が唇を寄せてきた。俊則はそのまま唇を重ね、舌で口内をこねくりまわす。そして膝裏に手を通すと、友代の足をM字に開かせて結合を深くした。

「くううっ……んんっ……いいっ」

俊則の手に友代が手を重ねて、指をからめてくる。

その仕種に、愛おしさが募っていく。

グチュ……チュ……。

上の唇でも、下の唇でも二人は音を立て、体液で互いの体を濡らしていた。

(ああ、中が熱い。もう、すぐにでも出しちゃいたい……)

俊則はこめかみから汗を流しながら、射精欲を堪えていた。

M字開脚した友代の股間からは、ズブ、ジュブブッと卑猥な音が立ちつづけている。

友代もけなげに尻を前後させ、俊則に快感を与えようとしていた。

(もっと感じてほしい……あっ、そうだ……)

俊則は、Gスポットのことを思い出した。結合したまま、少しだけ前傾姿勢になると――内奥でペニスの当たる場所が変わった。すると――。

「あうっ？　こ、ここ……いい……ひいっ……」

友代が唇をほどき、顎を上向けている。つなぎ目から漂う女のアロマがむせ返りそうなほど濃くなっていた。香りと音、そして肉の快感で俊則の興奮も強くなる。

興奮で漲ったペニスが、反ったまま蜜肉の尿道側を擦りはじめた。

「おおっ……おおっ……強い、深い、いいっ、いいっ……」

友代が涙をこぼして快感に喘ぐ。

ビッチュ、グッチュ、グッチュ……。

快感が深まるにつれて、音の卑猥さが増してくる。

俊則の太股のみならず、陰嚢からソファの座面まで、濃厚な蜜汁で濡れていた。

「淫乱だな……Gスポットくすぐられただけで、こんなによがり狂って……」

「はうっ……あんっ、はうっ……淫乱にしたのは、としのりさんなのっ」

喘ぎながら、友代がせつなげに訴える。

「友代さんがお預けするから……僕がエッチになっちゃたんですよ」

「だって、あれは怖くて……あ、あああっ……ああんっ」

パチュパチュ……パンパンパンッ！

俊則は律動の振幅を大きくした。強く突かれ、友代の唇からは、絶え間なく快感の叫びが吹きこぼれる。

「もっと気持ちよくなりたかったら、自分で乳首をいじめて……ほら、ほらっ」

強腰で突きあげられながら、そう囁かれた友代は首をふった。

「そんなこと、無理、無理っ……」

泣きじゃくりながら全身を震わせている。

ピストンのたびに揺れる、白くなよやかな足指がククッと内に曲がった。

膣肉の締めつけもキツくなり、友代が達しそうだと伝えている。

「思いっきりイキたいなら、乳首を自分でいじって。僕は、友代さんのエッチな姿も大好きだから……」

俊則は友代の首すじにキスの雨を降らせた。

甘い囁きと、細やかな愛撫に女心がほどけたのか、友代は指先を己の乳首に当てた。

そして、人さし指で乳首をこねくりまわす。

「おおおっ……いい、はぁんっ……あんっ……いいっ……」

俊則の律動に合わせて、友代が乳首を愛撫していた。

甘い悶え声はさらに大きくなり、結合部から飛び散る愛液が、ソファ前のコーヒーテーブルに飛沫をつけていく。

(友代さん、すごくエッチだ……感じて、子宮が下りてる……)

亀頭に友代の肉ざぶとん——子宮口が当たっていた。敏感な亀頭をそれで刺激され、俊則の背すじにゾクゾクした射精欲が這いあがってくる。

「俊則さん、いいのっ、イキそう……あんあんあんっ……」

友代の背が、ヒクッヒクッと痙攣し、のけぞっていく。

熱くとろける蜜肉全体で肉棒をくるみ、男の欲望を求めていた。

「ああ、俊則さん、私、イクイクイクッ……」

俊則も射精前のラッシュをくり出した。

陰嚢が上下するほどの勢いで、子宮口をグイグイ攻めつづける。

「ど、どこに出してほしいですか」

「お、お腹に……お腹に出してっ」

俊則は二、三度、突きを放つと、ペニスを引き抜き——。

雪のように白い柔肌に、欲望の熱いエキスをふりかけた。

3

「友代さんのお腹からエッチな匂いがすごくしますよ」

精液をティッシュで拭いながら、俊則は告げた。

「やんっ……」

そう言われただけで、友代が頰を赤らめる。自分の乱れたさまを思い出しているようだ。

床にはまるめたティッシュがいくつも転がっていた。シンプルで整った友代の部屋が性交の後始末をしたティッシュで乱雑になっているのは、妙にいやらしい眺めで、そのギャップに俊則はクラクラしていた。

「ねえ、友代さん」

「なあに……」

けだるげに友代が答える。

「気になるなら、コンドームつけますよ。あの……友代さんが仕事している間に、たくさん買ってきたんで……」

俊則はバックパックからコンドームを取り出して、コーヒーテーブルの上に置く。

「あっ……もう、その気だったの。もう、やだっ」

自宅で激しく交わった友代がいまさらのように照れる。その照れかたもやたらとかわいい。

俊則は、またペニスが元気になるのを感じていた。コンドームの箱を開けて、中から一枚取り出そうとすると――。

「まだかぶせちゃダメ……だって……お口で味わってないんだもの」

友代が俊則の股間に顔を寄せると、桜色の唇を開いて、赤黒い亀頭をチュプ……と口に含んだ。自分の愛液がたっぷりついたペニスの、亀頭のエラ部分に舌を伸ばして舐めている。

「エッチなお味……あうんんっ……このお味だけで興奮しちゃうっ……」

友代の頭が動くピッチが速くなる。根元まで咥えると、ジュルルッと音を立てて吸いながら、亀頭のエラのところまで唇を引き抜く。清らかな横顔なのに、男根を吸うときに頬がへこんでいるのがひどく男心をそそる。

（あっ……匂いが……）

ラベンダーの香りに混じって、女のアロマが漂っていた。ソファの上で正座しながら俊則にフェラする友代の尻が揺れている。俊則は、ヒップをのぞきこんだ。

「触ってもないのに、もうグッチョグチョだ……」

俊則は縦スジに指を這わせ、女芯から蜜裂をすっと撫であげた。

グチュ……といやらしい音が立ち、俊則の指に愛液がまつわりつく。粘り気のある淫蜜は、尻から指を離しても、二十センチほど糸を引いていた。

（友代さんが舐めるなら、僕も……）

俊則は友代のフェラをやめさせ、ソファの前に立たせた。友代は物足りなさそうなため息を漏らして、尻をくねらせている。

俊則はソファに仰向けに横たわると、友代に手を伸ばす。

「お互いに気持ちよくなりましょうよ。さ、僕の顔にまたがって」

「お風呂入っていないから……汚いから、ダメ」

「友代さんの汗でもなんでも、僕はおいしくいただきますよ……だから、恥ずかしがらずに」

俊則が友代の双臀の谷間で指を抜き差しさせると、友代が甘い声をあげる。

「本当はあそこを舐められたいでしょ……」

愉悦を得ながら、淫靡な行為への誘いを受け、友代は我慢できなくなったようだ。

ゴクッとつばを飲むと、友代は目を伏せながら動き、俊則の顔をまたいだ。

互いの熱い息が、性器にかかる。

（おお……すごくエロい……）

一回目は辛抱できずにすぐ挿入したので、その時間がなかったが、今度はゆっくり眺められる。

改めて友代の淫花を眺めると、色白の肌に薄い繊毛がマッチした、きれいな秘所だ。

サーモンピンクの蜜裂と、その上にあるココア色のすぼまりの形も整っている。

そんな美しい蜜裂から内股まで、愛液でぬらぬら光っていた。とば口からは、粘度の強い愛液――本気汁が溢れている。

男を誘う牝のアロマに誘われて、俊則は唇をつけた。

「はぁっ……あぁっ……あそこにキスされてるっ……あんっ」

俊則はとがらせた唇を押しつけたあと、音を立てて本気汁を吸いはじめた。

「ひ、ひううっ……」

友代の白い背中がうねる。ズビズビと卑猥な音が立つほどの吸引は、媚肉をかなり刺激するらしく、白臀が震えていた。俊則は舌を伸ばして女の芯芽の包皮をむいて、そこに舌を押しつけた。

「あんんっ……いい、そこ、ダメなのっ」

ペニスをつかんで、フェラしようとしていた友代の動きが止まる。

最初のセックスでは乳首を、今度はクリトリスを責められている。女の性感帯をセックスのたびにじっくり愛撫され、友代は余裕を失っているようだ。

「ねえ、友代さん、僕にはしてくれないんですか」

甘え声で俊則が聞くと、友代は快感に震えながらも、ペニスを咥えた。

また熱い口腔で亀頭がくるまれ、俊則の若竹から期待汁が湧く。それが友代の口内を濡らしていると思うと、さらに興奮し、出る量も増えた。

「むふっ……むっ……クチュ……チュ……」

友代の鼻腔から漏れるせつなげな吐息と、友代の肉まんじゅうが奏でる、卑猥な音が重なり合う。友代は唇を離すと、今度は裏スジに舌を当てて、ハモニカを吹くように左右に首を動かしてきた。俊則は肉竿からの快感にうめき声をあげた。

「舐めるだけで感じて……またおつゆの色が濃くなってるじゃないですか」

「言わないで……だって、俊則さんとしているんだもの……」

フェラチオする友代の乳頭が俊則の太股に当たっていた。ひどく興奮しているために硬くなり、擦れるだけでコリコリ音がしそうなほどだ。

俊則は乳首に手を伸ばし、指でつまみながら、女芯を舌で舐めまわす。

「あひっ……ひゃんっ……」

白臀がバウンドする。薄明かりのなか、汗で光る臀丘が、クナクナ揺れていた。

重なり合った肌は汗で濡れ、互いの欲情を伝えている。

友代の秘所が挿入をこうような動きをするが、俊則はそれを無視してひたすら女芯を舐めまわす。

「きゃうっ……いい、イキそうっ……ああん……もう、我慢できないっ」

友代がペニスを口から出して叫ぶ。

「なにが我慢できないんですか……はっきり言わないとわからないですよ、友代さんは何をしてほしいんですか」

俊則は、すっかりほころんだ蜜口に中指の先だけ入れると、軽く前後させた。

「焦らすのダメぇっ……俊則さん、お願い、いじわるしないで……」

「僕は鈍いから、はっきり言われないとわからないんです。どこに……なにが欲しいんですか」

中指を細かく動かすと、友代の喘ぎ声がどんどん大きくなる。

「俊則さんの、オチ×チンをあそこに挿れてほしいのっ」

我慢できなくなった友代から、欲望の言葉がほとばしる。

「いいですよ……僕も、友代さんが欲しくてたまらない」

俊則は体を起こして、ペニスにコンドームをつけると、友代の桃尻をつかんだ。

双臀を左右に開くと、水音を立てて蜜裂が割れる。薔薇の蕾のように折りたたまれた蜜口が、唾液と本気汁にまみれて光っていた。

俊則は、とば口にペニスを押しあてると――後背位で一気に奥まで埋めこんだ。

「あああああ……すごいっ……」

前戯でさんざん焦らしたので、挿入時に焦らす必要はなかった。

たっぷり濡れた秘所は奥まで潤んでおり、突きたてられたペニスを淫らなよだれを垂らしながら歓迎する。

俊則は腰と双臀がぶつかるほど深く挿入させると、腰でゆっくり「の」の字を描いた。それだけの動きでも、快感の汗が全身に浮く。

「あおお……中で動くのっ……俊則さんにかき混ぜられてるのっ」

ニチャヌチュア……。

つなぎ目の音も匂いも、いやらしくてクラクラくるほどだ。

そして、たった一夜の恋から、一年半探しつづけて、またこんなふうになれるなんて——その思いもまた、俊則の官能を深めていた。

「友代さんが体全体で悦んでいるのがわかりますよ……ああ、気持ちがいいっ」

俊則は思いをこめて、腰をくり出した。

大きな振幅で腰を打ちつけると、リビングに肉鼓の音がこだまする。淫猥でリズミカルな水音を友代と二人で立てていると思うと、俊則はますます興奮していった。

「はうっ……やん、また、あそこに、当たって……」

反り返ったペニスの腹部分が、ちょうどGスポットをくすぐっているらしい。

ここに当たったとたん、よがり泣きの声が大きくなった。声を出しても堪えきれぬ快感をどうしていいかわからず、友代はレザーのソファに爪を立てている。

「最高にいやらしい……感じやすくて、エッチな動きで……」

俊則は前かがみになると、両手を伸ばして乳首をつまんだ。

「やぁんっ……あああっ、そっちもなんて……いい、いいっ」

尻えくぼができるほど尻をヒクつかせながら、友代は女豹のようにのけぞった。

キュウウウッと肉壺の締まりがよくなり、俊則の息もあがっていく。

だが、一度射精しているのでまだ余裕がある。

「コリッコリの乳首、おいしそうだな……」

指でしきりにこねくりながら、俊則は舌を舐めた。

友代と体を重ねていると、不思議なくらい淫らな発想が次から次へと思い浮かぶ。

パンパンパンッ！

尻に腰を強くたたきつけたあと、俊則はペニスを引き抜いた。

「やんっ……ダメ、いま終わりにしないでぇ……」

友代が涙声だ。もちろん、俊則もこれで終わりにするつもりなどない。

細い体をつかんで友代を仰向けにすると、すぐにまた突き入れた。

「あああああああ！　いいっ……いいっ……イクッ……」

挿入されただけで、友代が大きく弓なりになり、痙攣した。

軽く達したようだ。愛おしく思う相手が自分の愛撫に、素直に応えてくれるのを見つめているだけで、胸がいっぱいになる。

（かわいい友代さんを、もっと感じさせたい……）

俊則は正常位で交わりながら、友代の乳首を咥えた。

「あんんっ」

伊勢での一夜を、何度思い返したことだろう。友代がどこで感じ、どうすれば狂ったか。思い返しては自慰をした。それはイメージトレーニングになっていたのか、いまはよどみなく動ける。それだけでなく、旅先での女性たちとの出会いが、俊則の自信とテクニックに繋がっていた。

「友代さんの体はとてもエッチだ。もっと味わいたいな」

乳頭をすりながら、俊則が囁くと、結合部からむわっと愛液が溢れた。

「恥ずかしいのっ……こんなに乱れてっ」

乳首を吸いながらのセックスは結合が深いのか、友代の乱れかたはバックのとき以上だ。

両手両足をそよがせ、快楽に身を任せている。Dカップくらいのちょうどいいサイズのバストを揉みあげながら、俊則は律動を続ける。

「もっと乱れて……乱れる友代さんは素敵だから……」

俊則は乳首を交互に吸いながら、熱い息を乳房にふりかける。

そして、突きの振幅を大きくして、子宮口を連打した。

「ふうっ、はうっ、あんっ……い、イク……」

友代が達する間隔が短くなっていた。俊則の愛撫と濃厚なセックスで全身が性感帯になったように感じやすくなり、少しの刺激で絶頂に至っている。

(イクたびに、締まりまでよくなるっ……)

俊則も額から汗を流しながら、律動を続けていた。柔肉の締めつけの心地よさに、ため息がとまらない。陰嚢がせりあがり、射精態勢に入っているのがわかるが、あと少しでも堪えたい。

しかし——。

「ああ、ダメだ……友代さんのあそこがよすぎて、僕もまた……」

コンドームで隔てられていても、柔肉の快感は相当なものだった。友代の蜜壺の中で、切っ先がヒクヒク跳ねる。

「と、俊則さん、とって……とってぇ……」

目もとを赤く染めた友代が囁く。

「とるって、なにを……」

「コンドームなんかいらないのっ。ナマで……ナマで思いっきりちょうだいっ」

愛欲でとろんとした目が、俊則を見つめていた。ためらう余裕はなかった。俊則はコンドームをはずして、友代の腹の上に投げる。

そしてそのまま、またひとつになった。

「あぁ……いいっ……また、イッちゃうっ」

「ナマの友代さんはいいっ……最高だっ……」

俊則の口は、あまりの快感でだらしなく開いていた。

友代も相貌を打ちふりながら、ナマの愉悦に身もだえ、喘いでいる。

「イキますよ……ああ、イク、イク……」

再度の挿入はナマで、しかも射精直前だったのもあって、すさまじい快楽を俊則に与えてきた。

堪えきれず、俊則は射精前のラッシュを放つ。

パンパンパンパンパンッ！

派手な音と愛液を散らしながら、繋がり合った友代と俊則はクライマックスへ向けて昇りつめていく。

「あんあんあんっ……すごい、ああ、ああっ、イク、イックうううう！」

友代が俊則の腰に太股をまわして、腰をせりあげてくる。

締まりが一気にキツくなる。そして、友代の積極的な姿は男の本能を直撃した。

「ああ、僕も、イク、イクッ！」

ガクンッ！

俊則も動きを止め、友代の蜜壺の中に二度目の欲望を解き放った。

4

風呂場から、水の音が聞こえていた。

「お風呂、入らせて……ちょっと汗かいちゃったから」

そう言って、いま友代はお風呂に入っている。

一人で待っていると、部屋にこもる愛欲の匂いが強く感じられた。

俊則の体も汗まみれ、欲望汁まみれだ。

風呂場からは水音と、桶の鳴らすカラカラという音が聞こえてくる。

（あそこに裸の友代さんがいるんだ……）

そう思ったとたん、力を失っていたペニスが息を吹き返す。

俊則はつばを飲みこんだ。理性はいけないと囁くが、風呂へと歩き出していた。

板敷きの冷たい廊下を渡り、脱衣場のドアを開ける。一畳ほどの狭い洗面所兼脱衣所には、ドラム式の洗濯機が置いてあり、その上にきれいにたたまれた白いタオルが乗せてある。

（怒られるかもしれないけど……）

俊則は、ドアをノックした。

「俊則さん？　もう少しで出るから、待っていて」

磨りガラス越しに、洗い場の椅子に腰かけ、友代が体を洗っているのが見える。

俊則はドアを開けた。

「えっ、まだお風呂からあがってないのに……」

友代が目をまるくしてこちらを見あげていた。白い肌に、たくさんの泡がついている。その泡の間から、色づいた乳首がのぞいていた。

風呂は昔ながらのもので、ステンレス性の小さめの浴槽に、壁には淡いエメラルドグリーンのタイルが、床には白いタイルが貼られていた。

「友代さん、いっしょに洗いましょうよ。僕も洗いたいし」

「ダメ。このお風呂は狭いし、古くて寒いから、風邪引いちゃう……」

友代がそう言って断るが、俊則はやめる気などなかった。

「寒くないように、くっつけばいいじゃないですか」

俊則が泡まみれの友代の体に、うしろから抱きつく。そして手を前にまわし、乳房を揉みはじめた。先ほどのセックスから少し間を置いたので、乳首がやわらかくなっていたが、揉まれるうちにすぐに硬くなっていった。

「さっき、二回もしたのに……あっ、あんんっ……」

乳首をいじられるうちに、閉じられていた股が開き、体がのけぞっていく。

「ふっ……あんっ、いいっ……」

風呂場を友代の甘い声が満たす。肌にひろげられた泡の爽やかな香りと、この甘い声がマッチしていた。清らかかつ淫靡な友代にぴったりの香りと声だった。

「エッチだな、友代さんは。僕はただ体を洗っているだけなのに」

手を友代の股間に伸ばし、繊毛をシャンプーするように泡をからませる。愛液と精液で濡れた内ももを、俊則は泡まみれの手で擦っていった。

「あんっ……くぅんっ、そこダメ……あんっ」

まだ敏感なポイントに触れていないが、風呂の中で反響するほど、友代は喘ぎまくっていた。

「もっときれいにしてあげますね、隅から隅まで」

洗うのは口実で、本当は再会した友代と、離れているのがつらかっただけなのだ。肌を合わせる時間を一分一秒でも長くしていたかった。

臀丘にも泡をつけ、太股をじっくり手のひらで洗ってから、次は足の指先、一本一本に泡をつけていく。

「あ、あんっ……やだ、足の指までされちゃうと……あんっ、あっ」

体の隅々をまさぐられ、友代はしきりに身をくねらせる。

「もう我慢できないっ」

友代がふり返ると、俊則のペニスを泡のついた手でしごきはじめた。

「今度は俊則さんが座って」

俊則を風呂の椅子に座らせると、友代はその間に膝をついてペニスを愛撫する。

クチュ……チュ……。

泡のおかげで、動きはなめらかだった。リズミカルに手を動かされるうちに、音が湿ってくる。先走りが泡に混じったので、音がぬめってきたのだ。

(お風呂で洗ってもらうなんて、いやらしすぎるだろ……)

ボディ用のタオルを洗面器で泡だてた友代が、そのタオルで俊則の体をやさしく擦る。清潔になっていく気持ちよさと、友代が少し動くだけで乳房が肌に当たる気持ちよさが混ざって、ペニスはいきり立っていくばかりだ。

「じゃあ、お湯で流すね」

友代がシャワーからお湯を出すと、温度を手で見てから、友代は俊則にやさしくかけた。泡が消えるとともに、青スジを浮かべた威容が姿を現す。

「さっきいっぱいしたのに、もうすっごく元気なのね」

友代が顔を赤らめる。

「今度は僕が流しますよ」

シャワーを代わりに受け取ると、俊則はじっくりとお湯をかけて、友代の隅々まで洗った。

泡が流れると、友代の乳首も硬くなり、興奮しているのがよくわかる。

「友代さんもイキまくったのに、すっかりエッチになってますよ」

友代は「いやっ」と言うと、浴槽に入って肩まで浸かった。

「逃げないでくださいよ、友代さん」

友代を追いかけ、俊則も浴槽に入る。

大人が二人入るには狭い浴槽なので、俊則が両足を入れただけで湯が溢れて、洗い場にザブザブと、音を立てて流れていく。

座っている友代の目の前に、俊則の肉棒がある。お風呂で洗い合ったのが前戯となってしまい、臨戦態勢になっていた。ミチミチと青スジを浮かべ、反り返っている。

「次は、友代さんにきれいにしてもらおうかな」

亀頭が期待で揺れていた。洗ったばかりなのに、先走り汁でヌルヌルだ。

「ああん、こんなところでしちゃうなんて……」

そう言いながら、友代は口を開いてペニスを含んだ。

シックスナインでしたときも興奮したが、上から口淫の様子を見るのもかなり刺激的だ。

そのうえ――友代が俊則の乳首に指を伸ばしてきた。

カポッカポッと音をさせながら首をふり、そして男の乳首を二指でくすぐる。

「はぁ……いいです……エッチだ……すごく」

俊則は友代を見つめた。濡れて顔に張りついた髪が邪魔なので、指でよけてやる。頬をへこませ、ジュルジュル音を立てながら男根を吸う姿は、何度見てもいやらしい。そのうえ、乳首をいじる指先の動きも手なれている。俊則は乳首からの快感をうっとりと味わっていた。

「俊則さんといると、変になっちゃう……ああ、ちょっと強引にして、お口で」

薄茶色の瞳が、哀切に見つめている。躊躇したが、友代のまなざしににじむ期待を拒むことなどできず、俊則は友代の頭をかかえると、喉奥にねじこむようにペニスを突き入れた。

「むううっ……うううっ」

喉の奥までペニスを咥えた友代が、苦しそうにうめく。俊則は焦って腰を引こうとしたが、友代が腕でかかえて放さない。

「ダメですって。いやなら無理しないでください」

そう言ったのだが、友代は首を左右にふって快楽を与えてくる。

「ふらいけど……きもひいいっ……」

友代が酔ったようにつぶやく。

チャプ、チャプ……ジュルッ、ジュルッ……。

俊則が知子の頭をかかえて、腰を前後させた。

「友代さん、もしかして僕のこと思い浮かべてオナニーしてたんですか」

友代の動きが止まり、湯気の中の相貌がみるみる赤くなる。

「えっ……あ、あの……その……」

友代が強引なプレイをせがむのを見て、もしやと思って言ってみたのだが――図星だったらしい。俊則があの夜を思い出して自慰にふけったように、友代もそうだったとわかると、うれしさで胸がいっぱいになる。

「恥ずかしがらないで……僕もそうだったんです。気持ち悪いですか」

「ううん。そんなところまでいっしょだったなんて……似てるのね、私たち。なんだか、うれしい」

友代が耳まで赤くしながら微笑んだ。

「友代さんはどんなこと考えながらオナニーしたんですか。僕がその望みを叶えてあげますよ」

赤くなった耳たぶをくすぐり、顎のラインを指の背で撫でると、友代がくすぐったそうに声をあげる。

「私ね……俊則さんに強引にされるのを考えていたの。お口も、あそこも、俊則さんのでいっぱいにされちゃうのを考えながら……」

その間も、友代は俊則のペニスをしごいていた。手が動くたび、ちゃぷちゃぷっと波が立つ。

「じゃあ、その願いを叶えてあげますね。苦しかったら、僕の太股をたたいてください。ちょっと強引にしますから……」

友代の淫らな願望を聞いて、俊則の鼓動が高まった。

自分のことを思っていてくれたことがうれしかったし、自分が友代の欲望の対象であったこともうれしかった。

友代の頭をかかえ、男根のほうへ引きよせる。友代が口を開いて咥えると——。

ジュルルッ……。

卑猥な水音が友代の唇から鳴った。俊則はそのまま頭を押さえると、腰をくり出す。

「むっ……むううっ……」

喉の奥に当たって、友代が眉根を寄せた。うめき声が苦しげなので、太股をたたかれるかと思ったのだが、友代は口もとをほころばせている。

(大丈夫そうだ……)

友代の様子を見て安心した俊則は、律動をはじめた。

音を立てて、友代が陰茎を吸っている。へこんだ頰、寄せられた眉根、唇から溢れるよだれ……苦しそうなのだが、湯の中で揺らめく乳首は硬く勃っている。

「僕と離れている間に、ずいぶん淫乱になっちゃったんですね、友代さん」

言葉で責めると、それだけで友代が肩を震わせた。

「咥えながらいじっていいんですよ、あそこを」

そう煽ると、友代が困ったような顔で見あげながら、うなずいた。湯の中で白い手が動き、黒の草むらの中に指が伸びていく。

「むううっ……ふううんっ」

中指が根元まで埋めこまれていた。

「フェラしながら、オマ×コも責められるのを想像してオナニーしたんだ。本当にいやらしいな」

友代のフェラチオに熱がこもる。吸いながら舌をからめて、男根を堪能していた。

律動の振幅を大きくして、喉奥に当たるようにすると、苦しげな声をあげながらも、湯の中の指の動きは激しくなる。

「さっき、お腹に精液出させたの……クンニされたかったからでしょう。友代さんは舐めるのも、舐められるのも好きだから……」

フェラの音を響かせる友代にそう囁くと、友代は赤くなった。

「こんなにクンニ好き、フェラ好きのエッチな人だったなんて……」

言葉で辱めると、友代は背すじを震わせた。

「くううっ……ひくっ」

己の指と俊則の言葉責めでイッたようだ。

ペニスを咥えたまま肌を紅潮させ、太股をヒクつかせる友代を見ていて、俊則は激しく欲情した。口からペニスを引き抜いて、友代を壁向きにして立たせる。

「俊則さん、まだ、お口が物足りないのっ……もっとさせてっ」

友代が尻をふって悶える。立ちあがった友代の太股は、湯よりも熱くとろみのある液体がまつわりつき、風呂の電灯を受けて光っていた。

俊則は友代の願いを無視して腰をかかえると、いきなり蜜壺に男根を突き刺した。

「あふっ……はぁんっ……」

背後から貫かれ、友代の背がのけぞる。太股がビクンビクンと揺れ、結合部から愛液がしたたった。

ピチャッ、ピチャッ、パンッパンッ!

律動すると、派手な水音と肉鼓の音が立つ。

結合部からしたたった本気汁が透明な湯に落ちて、ひろがっていった。

「ボディーソープの香りが消えちゃうくらい、愛液の匂いがすごいですよ……」

俊則はそう囁きながら、友代の乳房を揉みしだく。

「あっ、あっ、あっ……うしろだと奥に、奥に来るのっ」

それは亀頭に当たる感触でわかっていた。欲情で下がった肉ざぶとんが、しきりに亀頭に当たっている。乱暴にしてほしい、という友代の願いを受け、俊則はひと突きひと突きを強くしていた。

「こういうのがいいんでしょ、こうして、思いっきりヤラれるのが」

「ああっ……ああっ、そうなのっ、やさしい俊則さんに、激しくされるの、ずっと夢見てたのぉっ」

友代の凄艶な声が風呂場に響く。

抜くときは亀頭ギリギリまで、そして挿入時は双臀が左右に割れて尻のすぼまりが密着するまで深く突く。振幅の大きな律動に加えて、ピッチもあげていく。

ピチュ、パチュパチュパチュンッ！

テンポがあがり、音がさらに派手になる。湯から上半身を出して交わっているのに、寒さを感じない。肌から湯気が立つほど、二人は燃えあがっていた。

「こんなエッチな想像して、オナニーして……だから、締まりがすごいんだ」

乳首を指でキリキリいじりながら、俊則は耳たぶに口づけた。

「あんっ、あんっ、そう、そうなのっ」

友代は声をうわずらせ、俊則の動きに合わせて腰を動かす。

「もっと、もっとしてっ……友代の中を俊則さんの精液でいっぱいにしてっ」

憧れの女性から淫らなお願いをされて、断ることなどできない。

俊則は友代の片足をかかえ、さらに結合を深くすると、下からえぐるように突きあげる。

「ひうっ……ひぃいいっ」

体勢を変えることで抜き差しのときにぶつかる場所が変わっただけで、喘ぎ声が高くなる。俊則はそれだけでなく、膣壁をこねるように腰を動かして、友代に休む間を与えない。

律動のたびに響く肉鼓の音が、湿り気を帯びてきた。

破裂音に、粘度の高い体液が立てる音が混ざる。

「ああん、だめ、だめ、力が抜けちゃうっ」

壁に伸ばした手をついていた友代だったが、力が抜けたために、体を浴室のタイルの壁に預けたのだが——。

「つ、冷たいっ……」

結露で濡れたタイルの壁はやはり冷たいらしく、身を預けていられないらしい。

入らない腕の力を無理に入れ、体をタイルから引き離す。

俊則は友代の乳房をつかんで、体を支えてやりながら——突き出した乳頭だけをタイルに擦りつけた。

「ひゃうっ——ああんっ、そこだめ、だめだめっ」

乱れかたがシフトアップする。冷たいタイルで火照りきった乳首を刺激され、背すじに鳥肌が走っている。しかし、その冷たさも、感じやすくなっていた体には快感となってしまうらしい。

「いじわるっ……あんっ、あんっ、あんっ」

相貌を打ちふり、友代が泣いていた。「いじわる」と言いながら、感度はあがっているようで、愛液は結合部から泉のごとく湧き出てくる。

「いじわる」と言われれば言われるほど、俊則は乳房を揉みしだき、乳首をタイルに擦りつけさせる。

「あんっ、冷たいっ……あんんっ」

それに加えての鋭い突きで、友代は長い首をうねらせながら、絶え間なく喘ぎ声を漏らしている。友代の快感が深まるにつれて、締まりがまたよくなってきた。

さっきの締まりも、男の本能を狂わせるには充分な締まりだったのに、友代の欲望にそった行為をしているせいか、キツさが桁違いだ。

(おお……友代さんの中がうねって、熱いっ)

俊則も快感のため息が止まらない。

「ああっ、我慢できなくなりそうです……エッチな友代さんのせいでっ」

律動のテンポをあげ、肉鼓の音を響かせる。

「わ、私もっ……ああ、イクッ」

友代の背すじが、また弓なりになった。同時に、湯の中に熱い飛沫が降り注ぐ。

ビシュッ、ビシュシュッ!

秘所から蜜が噴き出ていた。

「ああ……ああああっ、やだ、お漏らししちゃった……」

むき出しの背中を赤く染め、友代が肢体をくねらせる。

「お漏らしじゃないですよ。潮噴きしちゃったんですよ、気持ちよすぎて」

友代が俊則の腕の中で、どんどん淫らに変わっていく。それを見つめているだけで射精欲は高まるが、このまま出して終わりにするのはもったいない気がした。

(もっと感じさせて、もっとエッチな友代さんを見たい……)

欲望が高まり、俊則のペニスがさらに反り返った。

「あひっ、ひいいい……」

乳首をタイル責めされながらの、Gスポットへの刺激に、友代の喘ぎ声がさらに大きくなる。

「狂う。狂っちゃうの。どっちかやめて、お願いっ」

乳首とGスポットの快感をかかえきれなくなった友代は、涙を流しながらふり返り、哀願する。

「やめるわけないじゃないですか」

俊則は乳首をタイルに押しつけさせたまま、大きな突きを連続させる。

そして、喘ぎまくる友代の唇を、唇で塞いだ。

「ひうっ、はむっ、むうううっ」

口内に舌を差し入れると、友代のほうからも舌が出迎えてくる。

上と下で繋がり合いながら、二人は腰を動かしていた。

淫らなキスと、卑猥な律動の音が、二人の鼓膜を侵していく。

「はふっ……はぁんっ、ああ、あああんっ、イクイクッ、イッちゃうっ」

狂おしい声が風呂場に反響し、官能を高めていく。寒さも、湯のぬくみも、声も、匂いも、友代も、すべてが淫らで、俊則を狂わせていく。

「風呂場で何度もイク淫乱な姿を、見せてくださいよ、ほらっ、ほらっ」

肉ざぶとんを突きあげると、友代の白臀がキュンキュン締まり、愛液は雨のように絶え間なく湯に降り注いだ。

「子宮が壊れちゃうのっ。気持ちよすぎて、ううっ……い、イクううっ」

友代の連続してイク間隔が短くなっている。蜜肉の締まりも肉棒から精液を求めるものに代わり、俊則を悦楽へと導いていく。

「壊れましょうよ、二人いっしょに……」

俊則は友代の背中にキスをしながら、射精前のラッシュで友代を突きあげる。

「壊れたいの、いっしょに。ああんっ、俊則さんっ、好き、好きなのっ」

友代があられもない声で喘ぎながら、愛を囁く。

襞肉の締まりの愉悦とともに、愛されている実感が俊則の心を満たす。俊則は、この胸に、体に溢れるものを友代の中に、一刻でも早く解き放ちたくなっていた。

「好きです、僕も友代さんが」

下半身では獣のように激しく交わりながら、友代と俊則は思いのこもったキスを交わした。

「ああ、いい、いい、いいの。イッちゃうのっ」

涙で濡れた瞳で、友代が俊則を見る。声は快感で震えていた。

「ああ、もうだめ。私、イク、イクウウウ！」

友代が全身を大きく痙攣させながら、のけぞった。

蜜門がキュンと締まったとき、俊則も限界を迎える。

それに抗うように、数度突いたあと――。

「おお、おお、イク、イク……」

ビュルッ、ビュルルルルッ……。

膣内で筒先が跳ねまわり、白い飛沫をぶちまけた。

「ああ、すごい。また熱いのがいっぱい来て、ああん、イクイクイクッ」

友代は背を大きく震わせると、意識を手放し――糸の切れたあやつり人形のようになった。

(好きな人と繋がるのって、こんなに気持ちいいんだ……)

うしろから抱きしめたまま、俊則は腰を下ろして、二人で湯に浸かった。友代が目を覚ますまで、このままでいようと俊則は思った。

いまは運命の人のぬくもりを、全身で感じていたかった。

第六章　彼と彼女のマジックアワー

1

「尾道もいいけど、鞆《とも》もいいでしょ」

鞆の浦の常夜燈の前に立った友代が、俊則をふり返って微笑んだ。

髪とワンピースの裾が浜風に揺れている。温かそうなダウンコートとマフラーが友代をくるんでいた。

「鞆の浦、じゃないんですね」

「地元の人は、鞆の浦のことを、鞆って呼ぶの」

空は黄昏に染まり、静寂に包まれた瀬戸内海は沈みかけた日の光を受け、見事なプルシアンブルーとなっていた。その手前に、江戸時代に作られた波止場がある。そこにある常夜燈は鞆の浦を代表するスポットだ。

再会の翌朝はあいにくの雨だった。

俊則が目を覚ますと、ベッドに友代はいなかった。キッチンで朝食を作っていたのだ。食後、そのままベッドインしようとしたのだが、友代が、

「ダメ」

と断ってきた。

なぜと俊則が問うと、せっかく来てくれたのだから案内させて、と言ってきた。情事にふけりたい気分もあったが、昨晩だけで何度も体を重ねている。今日は、友代のおすすめどおり、観光するのもよさそうだと思った。

ゆっくり身支度して、有名な尾道ラーメンの店に並んだ。年末だけに、帰省してきた客も多く、行列は長かった。ようやく店に入り、濃い色のスープと背脂が特徴的なラーメンを食べた。俊則がチャーハンをひとつ注文しようとすると、友代が半チャーハンに訂正した。運ばれてきて納得した。半チャーハンで一人前の量だ。それを二人でシェアして食べた。

(恋人同士みたいだ……)

いや、恋人同士なのだ。昨夜は、ソファで、風呂で、そしてベッドで体を重ね、愛の言葉を紡いだ。

「夢みたいです」

チャーハンを自分の小皿によそっていた友代がニコッと笑う。

「でしょ。おいしいものね」

「いや、ラーメンじゃなくて……友代さんとこうしてデートしてるのが」

勘違いしたと気づいた友代が、顔を赤くする。はじめて出会ったときは、クールでミステリアスだったのに、いっしょにいる時間が増えていくと、かわいらしい面が多いことに気づいた。

「もう、まだお昼なんだから、照れるようなこと言わないの」

友代が照れ隠しに水を飲む。

それから、山陽本線に乗って福山《ふくやま》駅に向かった。

駅からはバスに乗り換え、鞆の浦を目指す。

有名なアニメのモデルになった街で、そのほか、映画のロケ地としても多く使われている景勝地だ。この町も尾道のように賑やかなのかと思ったのだが――思いのほか静かだった。

観光地で有名な場所なのに、古い町並みはしっかり残り、観光客も多すぎない。

「尾道も好きだけど、この町も好きなの」

友代がそういうのも納得だった。江戸時代から伝わる薬酒問屋の旧邸を見学し、それから、坂本龍馬《さかもとりょうま》が乗った蒸気船を模した渡し船に乗って仙酔島《せんすいじま》へ渡る。五分の船旅でも、気分はいい。

短い船旅のあと、仙酔島についた。夏は海水浴で賑わうところらしい。

冬でも遊歩道を歩いて自然を堪能できるそうだ。友代と手を繋いで五色岩《ごしきいわ》ぞいを歩く。五色岩は日本では仙酔島にしかないもので、青、赤、黄、白、黒の岩が露出した奇景でパワースポットとして注目されているそうだ。

そこを抜けると龍神橋《りゅうじんばし》があり、その先に龍のうろこと言われる三角形の岩がある。

「ここでお願いすると、叶うっていわれているの」

龍のうろこ岩に乗り、それぞれ願いごとをすると、また渡し船に乗って鞆の浦へ戻った。

坂本龍馬ゆかりの魚屋萬藏《うおやまんぞう》宅をリニューアルしたカフェに入り、二人はひと休みした。はめ殺しになっているステンドグラスはかわいらしい色遣いと幾何学的なデザインがモダンで、内装も茶色をメインにしていて落ち着けるカフェだ。

俊則はコーヒーを、友代はケーキセットを注文した。

「尾道も見所だらけなのに、こっちもすごいんですね」

「広島は見所がいっぱいあるの。尾道も鞆の浦も自然も見所もたくさん。古いものを大切に残してるからだと思う、きっと」

友代はカフェのケーキセットを食べていた。赤いお皿に盛りつけられたパウンドケーキやシャーベットの味をひとつひとつ確かめながら食べている。お茶で休憩というより、別の店の味を研究しているようにも見えた。

「私は生まれも育ちも尾道だから、地元のみんなが知り合いで、野菜のお裾分けがあったり、距離が近いの。でも、ときどき、みんなが知り合いのところにいると疲れちゃって……兄には味の研究っていっては一人旅に出て、目当ての店でスイーツを食べながら、いろいろ見物して歩いてるの」

「それから、旅先で古書店に入って、本を買うんですね」

友代がうなずいた。ブックカフェの本棚にある本は、友代が全国の古書店から少しずつ買い集めたもので、それで本棚をいっぱいにするのが夢だという。

「本棚がいっぱいになるくらい、一気に買ってもいいのよ。でもね、それじゃつまらないでしょう。一回の旅で買うのは五冊まで。荷物にならない程度にして、少しずつ買うの」

旅行でリフレッシュして、その思い出として古本を買うのは友代らしい旅の流儀だ。

旅先で買った本を自分の店に置くのは、趣味と実益を兼ねていて、いいと思う。

「旅行に出る前は、尾道を出たくてたまらなかったのに、旅が終わって、尾道に帰ってくると、やっぱりここがいいな、って思うの。地元にいるとしんどいって思うのに、地元に帰るとほっとするって矛盾してるよね……でも、それを確認したくて、旅に出ているような気がする」

「わかる気がします。僕は仕事で、一時的に東京を離れて仕事する場所を探しているんです。東京で毎日ビルの中にいて仕事すると、運動もしないし、体も頭も硬くなっちゃうんですよ。でも、場所をちょっと変えるだけで、みんな生き生きするし、仕事も進むんです。場所を変えてリフレッシュするって、大事ですよね」

「俊則さんと考えかたがいっしょで、うれしい」

ふふっと、友代は笑うと、紅茶を飲んだ。

友代が俊則のバックパックに視線を落として、なにか気づいたようだ。

「あら、これ……」

視線の先にあるのは、阿久津がくれた「幸福切符」キーホルダーだ。

「これが出会いのきっかけだったんですよね」

「このキーホルダーが落ちてなかったら、僕ら、こうしてなかったんですね。いろんなパワースポットをめぐったからか、松江でショップカードをもらえたし。お守りや願かけってすごいかも」

俊則がそう話すと、友代が「幸福切符」をくれた阿久津の話を聞きたがったので、彼にまつわる様々なエピソードを話した。

「いい人なのね。いつか会ってみたいな」

俊則が、会うとがっかりしますよ、と冗談を言うと、友代はクスクス笑った。

もちろん、俊則は友代を阿久津に紹介するつもりだ。

（ムーンライトながらが大好きで、旅先で古書店めぐりするのが趣味の友代さんと、阿久津は気が合いそうだ。阿久津にはほんと、世話になったもんな……）

俊則は、阿久津に鞆の浦土産として、名物の保命酒《ほうめいしゅ》を買った。

二人で手をつないでカフェを出ると、常夜燈は目の前にあった。

残照で朱色に染まる空と、紺青の海。マジックアワーと呼ばれる、日没前の薄明かりの時間帯だ。俊則はスマホを構えて、シャッターを押した。

「もう、勝手に撮るなんて。ポーズも決めてないのに」

そう言って友代が俊則のスマホをのぞきこんだ。浜風になびく髪を押さえて、遠くを見つめる横顔を、ドラマチックな自然の光が照らし、女優のポートレイトのようになっている。はかなげで、夢のように美しい女性。俊則から見た友代のすべてを捉えた一枚となっていた。

「……やるな、俊則さんったら」

悪くない出来だったようで、友代の機嫌がよくなった。

「じゃ、宿に行きますか、友代さん」

宿は鞆の浦にとった。年末なので満室だったが、運よくキャンセルが出たのだ。明日の仕込みは友代の兄が奥さんと二人でやってくれるらしいので、友代は明日早めにチェックアウトすれば間に合うという。

二人は瀬戸内海の見える和室で夕食をとった。瀬戸内の魚介たっぷりのお膳で、シメのご飯は鯛のお頭《かしら》が入った炊きこみご飯だ。

「おいしっ。地元だと、意外とこういうの食べないの」

友代が顔をほころばせる。

夕食後はそれぞれ風呂に入り、浴衣姿になると、広縁から瀬戸内海の夜景を眺めた。風呂に入っている間に、部屋には布団が二組並べてあり、枕もとには行灯型のライトと、お盆に入った水差しとコップ、そしてティッシュが置いてある。

ティッシュを見ただけで、これからすることを想像し、俊則のペニスが疼いた。

友代は部屋にある冷蔵庫から、瓶のオレンジジュースを出して栓を抜いて、コップに注いで飲んでいる。俊則は瓶ビールを同じように飲んでいた。

大人の女性らしい表情を見せたかと思うと、妙に子どもっぽくなる。最初に出会ったときと違う友代の顔が次々と見られて、俊則はうれしくなると同時に、少し不安も覚えた。

「俊則さん、どうしたの、私のこと、ぼーっと見て」

「友代さん、夢みたいに消えないですよね」

「なにを言ってるの、俊則さんったら」

「いっしょにいればいるほど、友代さんのこと好きになっちゃうんです。これで、前にみたいに消えられたら、僕、つらくなります」

「……私だって、同じ。ずっと、後悔していた。臆病になって、逃げちゃって……大事な出会いを台なしにしちゃったって」

俊則は、ビールで口を湿らせながら、友代の話を聞いていた。

「私、怖いの。俊則さんが私を知れば知るほど、こんなのじゃなかった、って思われそうで。最初はいい面しか知らないじゃない。いまだから、よく見えるけど……」

「昔、そうやって逃げた人がいたんですね。細かくは聞きません。でも、僕は違いますよ。ストーカーみたいって気持ち悪がられるかもって思いながら、ずっと探して探して、やっと見つけたんです。そんな友代さんに幻滅することなんかないです。だから、怖がらないで。僕から、もう逃げないで」

俊則は、テーブルに置かれた友代の手をとって抱きよせた。

二人は立ちあがり、長いキスをする。

歯列を互いに舐め合い、唾液を交わす。しばし、和室にはチュッチュッという音だけが響いた。思う存分キスすると、二人は唇を離した。

友代は俊則の胸に、顔を預ける。

「逃げない。もう……逃げられない。私だって、俊則さんが忘れられなくて……エッチなお道具を買っちゃったんだもん。それに、昨日の続きをしたくて、もう、ジンジンしてる」

浴衣越しに、友代の乳首が当たっていた。同様に、俊則の屹立したペニスも下着を押しあげ、浴衣の前を割っている。

「エッチすぎる友代さんが、大好きですよ、僕」

そう言って、俊則はキスをしながら、友代を布団のほうへ誘った。

2

かけ布団をめくり、敷き布団と枕だけにすると、そこに友代を横たえた。

「電気、消して……明るすぎると、ちょっと恥ずかしいの」

リビングで、風呂で、あれだけ淫らなことをくりひろげながらも、まだ恥ずかしがる友代は男心をくすぐる。言われたとおりに部屋の天井灯を消すと、光源は枕もとの行灯型のライトだけになる。

俊則は、部屋の隅に置いてあった、友代の鞄を布団のわきに置いた。

「僕のを思い浮かべてこれでオナニーしてたんですよね」

鞄から取り出したのは、男根を模したバイブだった。ペニス部分は肌色で、根元はピンク色だ。

行く先々での経験から、セックストイを持つ女性も少なくないと知っていたので、俊則はさほど驚かなかった。

「でも、こんなエロい形のを買うなんて――」

いまどきは女性がデザインした、一見してセックストイとわからないものがたくさん売られている。だが、友代が選んだのは肌色で勃起したペニスの形をそのままシリコンでかたどったような、いかにもバイブといった品だった。

「もうっ、その話はしないでっ」

ちらっと友代を見ると、浴衣の袖で顔を隠している。

「でも、気になるな、どうしてこれにしたのか」

「だって……だって、それ、形が俊則さんのに似てたんだものっ」

そう言ってから、友代はまた浴衣の袖で顔を覆った。

（大人っぽいことを言うかと思うと、子どもっぽくもなる……不思議でかわいいな）

俊則は、バイブの柄についているスイッチを入れた。

ヴヴーン……。

バイブの肉竿部分が振動する。柄から伸びた、蛇の舌のように二股に分かれた突起はクリトリス専用のバイブだろう。こちらも小刻みに震えていた。

鞄の中には、もうひとつ入っていた。オナニー用のローションだ。これは、偶然にも真理子が持っていたのと同じ品だった。もしかしたら、これは隠れたヒット商品なのかもしれない。

「ボトルに媚薬ローションって書いてますけど、そんなに気持ちよくなりたかったんですか」

ボトルをしげしげと眺めながらいうと、友代がうつ伏せになって顔を隠した。

「違うの……道具でも俊則さんのときほど気持ちよくなれなくて……それで、買ったの。出来心なの。本当よ」

「もともとエッチだったんですか……それとも僕のせいなのかな」

「いじわるっ。言わせないで……もうっ」

俊則は、友代の浴衣の裾をめくると、ショーツに包まれた尻をむき出しにした。

それから、尻の上からボトルの中身をバイブにかける。

「やっ……下着が濡れちゃうっ」

「下着の中はぐちょぐちょだから、いいじゃないですか」

浴衣の裾をめくったとたん、ラベンダーの香りとともに、発情のアロマが香った。

これだけ匂うということは、下着の中は大洪水のはずだ。

「ほら、ここ、もう色が変わってるじゃないですか」

俊則が友代の尻を持ちあげ、床に膝をつかせる。尻を突き出した姿勢になった友代から、いやらしい匂いが漂っていた。下着のクロッチ部分もまる見えで、そこが濡れてダイヤ形に色が変わっていた。

「違うの……違うの……」

張りのあるヒップをふって、友代が否定する。俊則は、下着がズブ濡れになるほど、上からローションをかけた。

「はううっ……これじゃ、また下着替えなきゃ……」

「替えの下着がなかったら、友代さんがノーパンで帰ればいいんですよ」

下着の上から、媚薬入りローションを双臀に塗りひろげていく。濡れた白のビキニショーツから、肌が透けているのが、とてつもなく卑猥だ。

俊則は秘所を避けるようにして、臀丘を両手でじっくり揉んだ。

「俊則さんっ、そんなの、ひどいっ……」

布地に染みこんだ媚薬ローションが秘所を濡らし、いまはジンジン熱くなっているはずだ。なのに、触られないことで友代の欲望が募っているようだ。

俊則も飛騨高山でこの媚薬ローションの効き目を味わった。下着から染みこんだだけでも友代の秘所は火照り、刺激を求めているはずだ。

俊則は下着のクロッチを横に避け、バイブの先で蜜口をなぞった。

ヌチャ……グチャ……。

淫蜜の音に、ローションの音が混ざる。卑猥な音を立てながら、俊則はゆっくりとバイブを蜜壺に挿れていった。

「はぁっ……あああんっ……」

友代が、ため息まじりの甘い声を出し、さらなる愛撫を求めて尻をふっていた。

ズブ……ブブブ……。

蜜汁で先端が濡れたバイブが、赤く火照った肉蕾薇に吸いこまれていく。

「ほおおっ……おおっ……熱いっ……くうっ」

俊則は、ローションの熱とバイブの太さを味わわせるように、ゆっくり挿れた。内奥に媚薬ローションが入れば、膣道はひどく熱くなり、掻痒感が襲ってくるはずだ。ペニスにふりかけたときは、ローションがもたらす快感に、俊則も打ち震えたものだ。

「はうっ……いい、いいっ……」

友代はシーツをわしづかみにして喉を震わせている。快感を蜜壺全体で味わっているようだ。

「俊則さんっ、動かしてっ。たまらないのっ、お願いっ」

友代が切れぎれの声で訴える。しかし、俊則は根元まで入ったバイブの柄にショーツのクロッチをかけると、手を放す。深く挿入されたバイブが、ショーツで固定されたので、友代がうめいた。

「くううう……深いのっ……くうっ、くうっ」

俊則は愛撫しやすいように、友代を仰向けにした。

下着の股部分からバイブの柄が盛りあがっているのは、淫猥な眺めだった。俊則は浴衣と下着を脱いで全裸になると、友代の枕もとに膝をついた。

「こういうのも、オナニーのときに想像してたんじゃないんですか」

友代の前に、へそまで反り返ったペニスを差し出す。

細い指が、ペニスのほうへ伸びてきた。友代は、ぼうっと酔ったような目をして、差し出された男根を見つめている。

半開きになった唇は濡れ、それを赤い舌が舐めていた。

俊則はこちらに伸びていた友代の手をつかむと、もう片方の手首と重ねて、浴衣の帯で縛った。

「あんっ……あんっ……と、俊則さん……どうして……」

「手を使わず、口だけでしてください……」

昨日の様子から、友代の望むプレイがわかったような気がした。

縛めた両手を俊則は片手で押さえて、友代の動きを封じる。

「んんんっ……いじわるしないで……」

困ったような顔をしているが、声はうれしそうだ。

バイブを突っこまれたままの尻を、しきりにくねらせている。

友代の、いやらしすぎる姿を視姦しているうちに、俊則のペニスを先走りが濡らしていった。

「あっ、俊則さんのが、いやらしくって、おいしそうなのっ。欲しいのっ」

バイブを内奥に挿れたまま、友代が俊則のペニスにむしゃぶりついてきた。

「ああんっ……あんっ」

手を使わずに切っ先を咥えようとするが、ペニスは右に左に逃げまわる。

(おお……そんなに舐められたら、気持ちよくなっちゃうな)

裏スジを唇で常に刺激されるので、俊則も感じてしまう。

しかも、亀頭を求めて首をくねらせ、唾液まみれの唇を寄せてくる友代の媚態を見つめていると、さらに興奮してきた。

(友代さんにフェラしてもらう前に、これじゃ出しちゃいそうだ)

俊則は友代にも快感を与えるべく、バイブに手を伸ばすと、柄についたスイッチを入れた。

「はふっ……ひ、ひいいっ」

蜜壺内でバイブがしなり、二股に分かれたクリトリス専用のバイブが振動する。

「ふっ……ひうっ……いい、いいっ」

俊則は友代の顔を両手で包んで、自分のペニスに近づけさせた。友代がペニスを咥えるために、濡れた唇を大きく開いてから、上体を起こした。すると、突き出されていた臀部がおりて、バイブの柄が布団に当たる。

「はうっ……あんっ……いいっ」

友代が、バイブからもっと刺激を受け取れるように、腰を動かす。

股間から卑猥な音がひろがる。

頰を紅潮させ、眉尻が下がっても、友代は美しい。

そして、淫らになればなるほど、美貌の輝きが増していく。

「自分だけ気持ちよくなるなんて、ダメですよ」

俊則はペニスの根元を持って友代の開いた唇にねじこむと、腰を突き出した。

「むうう……ふううっ……」

友代の乱れようがすさまじかった。

バイブが奥に当たるように布団の上で腰を前後させると、秘所からのローションと蜜液の湿った音が大きくなる。俊則のペニスを咥えた友代は、うれしそうに頬をへこませて味わっていた。

「オマ×コとお口を同時に僕に犯されるの、想像してたんですね」

俊則が友代の願望を言いあてると、友代の尻が痙攣する。

「ひ、ひがうっ……ほ、ほんなにえっひひゃなひの……」

咥えながら、友代が「そんなにエッチじゃないの」と言ったようだ。

しかし——言葉とは裏腹に、体はこの卑猥な行為すべてを受け入れ、堪能している。

むわっとひろがる女蜜の匂い、ペニスにからまる唾液……すべて欲情の証だ。

俊則は、友代の媚態と、ペニスへの口淫がもたらす快感ですぐにでも射精したくなっていた。少し苦しいだろうか、と思いつつも、たまらなくなって律動をはじめる。

「むふっ……ふっ……んんっ……あうっ」

口で抽送すると、友代の体全体が揺れる。すると、その動きで秘所にハマったバイブも、意図せぬ動きをするらしく、股間からはいやらしい音が立っていた。

(なんて姿で感じているんだ……)

友代の口をペニスで封じながら、俊則はつばを飲んだ。

友代はまだ浴衣を着たままで、下着も脱いでいない。しかし、その下着はローションで濡れて肌に貼りつき、股間からはバイブが突き出ていた。白い足はM字を描いて布団に密着している。大股をひろげた媚態を、清楚な美貌を持つ友代がしているのでいやらしさは倍増していた。

浴衣の襟からのぞく細い首は男根の動きに合わせてなよやかに揺れ、すこし朱色に染まっていた。肢体も、しぐさも、すべてが淫猥で、俊則を狂わせていく。

「むうう……おいひい……はんっ」

口と蜜壺とで快感を味わい、口もとをほころばせている友代の姿を、俊則は愛おしいと思うとともに、もっと快感でおかしくさせたくもなっていた。

「フェラで感じて、オマ×コで感じて……本当にドスケベなんですね」

俊則は襟もとに手をやって、ぐいっと左右にひろげた。

「むううんっ……」

Dカップくらいの乳房が、ラベンダーと汗の香りとともに、まろび出た。友代の肌から香るラベンダーの匂いは、肌につけているボディーローションのものらしいが、俊則には体臭の一部のように感じられていた。

(ああ、友代さんの香りだ……これを求めて、僕はずっと旅していたんだ)

俊則は憧れの女性の馥郁たる香りを胸いっぱいに吸いこむと、双乳を両手で包みこんだ。

そして、腰の動きに合わせて、柔肉を揉んでいく。

「むふん……ふんっ……」

口、秘所、乳房……三カ所の性感帯を責められ、友代は恍惚の表情でフェラチオをしている。息苦しさより、肢体を貫く快感が上まわっているようだ。

俊則は、そんな友代をもっと淫らに見せたくて、浴衣の前を大きくくつろげた。

「浴衣を着たままでも、こんなにエッチだなんて。いやらしいな、友代さんは」

友代の形のよい鼻梁から、せつなげな吐息が漏れた。

俊則は乳房をまた揉みあげ、芯の通った乳首を指でつまむ。

「あふうっ……」

羞恥を煽られ、また感度があがったようだ。腰をクイクイ動かすテンポもあがっている。

下着の濡れは、ローションのものなのか、愛液のものなのかわからないほどだ。

「むう……ふううっ……いい、いいっ」

ため息を漏らしながら、ジュボッジュボッと口淫の音を立てて、友代が男根を吸う。

薄い桜色の唇は、唾液で光っていた。

俊則も腰をくり出しながら、硬くなった乳首をしきりに指で転がす。

「こっちも……いいっ」

俊則の額が汗で濡れていた。友代の姿、匂い、快感を求める仕種、そして男根を吸引するフェラの心地よさで、射精欲が切迫したものになっている。

「もう我慢できないっ」

俊則はペニスを引き抜くと、友代の足下にまわった。ローションまみれのショーツをはぎとり、バイブを引き抜く。

「あううっ……い、イクううっ」

勢いよくバイブを抜かれ、友代は達していた。

俊則はバイブを友代の太股の横に転がした。蜜壺の中でもしていたように、バイブは布団の上でしなりつづけていた。

先端にこびりついた淫蜜の匂いをふりまきながら——。

俊則は友代に休みを与える気などなかった。

「あふっ……あんんっ……」

絶頂に至ったばかりなので、少し体が動いただけでも感じてしまうほど、友代は敏感になっていた。ほんのり朱色に染まった肌と、汗で濡れた双乳が暖色の灯りに照らされる。

浴衣ははだけ、肌を覆っているのは腰の帯だけだ。浴衣は布団の上にしどけなくひろがっていた。股の間に転がっていたバイブを、俊則が友代の口もとに持っていくと、友代のほうから首を伸ばして舐めてくる。

(本当にエッチだ……)

友代が流し目を送っていた。寂しいところを、埋めてくれとせがむように——。

「欲しいんですね、僕のこれが」

俊則が、唾液で濡れた男根を、チュッ、ジュルッと音を立てながらしごきあげると、友代が小刻みにうなずいた。開いたままの内ももに、期待の淫蜜がぶわっと溢れてくる。

「俊則さんの、オチ×ポが欲しいのっ……」

狂おしいまでの欲情に、友代は自ら卑語を放った。口にしたとたん、ああ、とため息を漏らす。

バイブが抜かれたばかりで開いた蜜口に、エラの張った亀頭をあてがうと——。

俊則は腰を思いっきりくり出した。

「はあああんっ……ふごいっ……むう、むうう……」

バイブが円運動するスイッチは切ってあるので、友代は男根をフェラするように舌を使いながら、咥えている。

「むふっ……ふうっ……」

はだけた浴衣からのぞくバストが、律動のたびにぷるぷる揺れていた。

バイブで一度達したので、友代の蜜肉は仕上がっていた。たっぷり潤み、襞肉をそよがせてペニスに吸いついてくる。

「すぐに出させる気ですか……そんなに締められると、気持ちいいのがすぐ終わっちゃいますよ」

俊則は腰をゆっくり引き抜き、そしてすばやく突き入れる。緩急をつけた律動で、友代の肉壺を翻弄していった。

「むうっ……ううっ……いい、いいっ……」

友代の額が汗で光っていた。

両手は手首で縛められているので、肘を動かして、しきりに悶えている。

すばやく突かれたときに子宮口を、ゆっくり引き抜かれるときにGスポットをくすぐられるので、友代の蜜壺が快感で熱を帯びていく。

「ふうっ……むうっ……うう……いい、ひひのっ」

友代の双眸から愉悦の涙が溢れ、こめかみを伝って布団を濡らしていく。

バイブを咥えたまま悶えつづける友代の姿は、目眩がするほどいやらしい。

「泣くほど気持ちいいのは、自分のエッチなお汁も味わっているからでしょう？」

羞恥心を煽る言葉が、なめらかに出てくる。友代を探して夜行列車に乗りつづけたおかげで出会いがあり、そして出会った女性たちから女性の様々な性癖や、女体の扱いかたを教わったのだ。

「くう……ううっ……」

友代はせつなげにうめくと、舌をそよがせて口内に居座るバイブを舐めはじめた。大きく開いた唇の端から、よだれがつつーっと垂れる。淫らにゆがんだ相貌が、俊則の欲情の炎を大きくした。

「もう、我慢できないっ」

俊則は友代の太股をかかえて密着を深くすると、腰を激しくふりはじめた。

「あっ……あああんっ……す、すごいのっ」

ピッチの速い抜き差しで感じすぎたのか、友代がバイブを唇から出した。

「ひいいっ、ひいいっ、ひいいっ」

突きをくり出すたびに、せつなげな喘ぎ声があがる。

グチュ、グチョ、ヌチョ！

結合部から溢れるのは、透明な愛液ではなく、友代が真に感じたことを示す本気汁だった。

「自分で体をスケベに育てた友代さんのオマ×コ、最高ですよ……」

卑語を言われて、友代が耳まで真っ赤にした。バイブでイキ、その淫蜜まみれのバイブを咥えてセックスをしておきながら、四文字の卑語で顔を赤くするギャップがたまらない。

「あんっ、あんっ、え、エッチになったのは、俊則さんの出会ってからなのっ、本当なのっ」

腰を淫らにふりながら、友代が答える。

「僕のせい？　違いますよ、友代さんはもともとエッチで、ベッドでも最高の女性なんです」

俊則が囁くと、友代が愉悦のなかで微笑んだ。

（ああ、この微笑みが見たいんだ……僕は）

ムーンライトながらで出会ったときはキリッとした横顔に魅せられた。その次はベッドの中の妖艶な姿に翻弄され、俊則はその姿を求めて旅をした。

いまは友代の無邪気な素顔と、ありのままの姿の虜《とりこ》になっている。

「エッチしよ……いっしょにエッチになって、いっぱいしよ……」

友代がうわごとのようにいう。俊則は上体を下ろして、友代と唇を重ねた。

唾液の音を立てながら、繋がり合った下半身でも卑猥な音を立てていく。

友代が縛められた手首を俊則の頭の上に通すと、首のうしろにまわして抱きよせる。

「んっ……んんんんっ……」

友代の舌は、愛液の味がした。バイブで達しただけあって、舌にからみついていた愛液の味は濃厚だ。俊則は舌を友代の口内で抜き差しさせるように動かした。

舌の卑猥な動きに、友代が反応する。胸をせり出して、乳首をさかんにすりつけてくる。

「はむっ……お口も犯されているみたいっ……はむっ……んんっ」

俊則は腰を激しく前後させたまま、淫らな口づけを続ける。

そうしながら、友代の乳房と女芯、それぞれに手を伸ばした。

そして——両方を同時につまむ。

「あああおっ……いい、いいっ……イクうっ」

友代が乳首と女芯を指で、内奥をペニスでピストンで刺激され、白い喉をさらした。

弓なりになり、暴れまわる友代の肢体を、俊則は腰で押さえつけ、下から子宮口を穿っていく。

「やんっ、そんなにされたらっ、やん、やんっ」

律動のたびに放たれる声が大きくなる。隣室に聞こえるかもしれない——スリリングだが、友代の口を封じるのはやめた。

いまは甘美な喘ぎ声をただひたすら聞いていたい。

親指と人さし指で挟むようにしながら、とがった乳首をこねまわし、つなぎ目のすぐ上にあるクリトリスには、触れるか触れないかのフェザータッチで刺激を与える。

「いい、いい、体中が燃えちゃうっ。ああ……もう、また……イク、イクッ」

友代がまた軽く達した。

キュンキュン締めつける蜜壺の中で、俊則のペニスは、キツく反り返った。

「はうっ……そこダメっ……ダメなのっ」

友代が泣きじゃくりながら首をふる。肩で息をして汗まみれの友代は、また激しい絶頂に至ろうとしていた。キツく締めつける内奥の動きが、それを物語る。

俊則もまた、限界が近い。陰嚢がせりあがり、背すじを射精欲が駆け抜ける。

「ああ、もう僕もイク……」

そう囁くと、俊則は友代の腰をつかんで繋がったまま仰向けになった。

「えっ、あん……あああっ……いや、いいんっ、当たるっ」

急に騎乗位に体位が変わり、友代は混乱と快感に溺れた声をあげた。亀頭が動き、快感のポイント——Gスポットを絶え間なく刺激されたのだ。

「ほら、気持ちよくなりましょうよ……動いて、ねえ……」

俊則が下から見つめると、友代が下唇を嚙んで、困り顔をした。下から友代の双乳に手を這わせ、乳房を揉みながら、先端の蕾をキリキリつまんで愛撫する。

「あっあん……う、動きたいけど……き、気持ちよすぎて……」

友代はこれ以上は無理、というのもうなずけるほど何度もイキまくっている。俊則の腰にひろがった双臀は汗と愛液でしっとり濡れ、肌に吸いついていた。

「少しでいいから……友代さんがエッチに腰をふるところを見たいんです。ね?」

俊則が笑いかけると、友代が泣き笑いの顔になる。

「もう……俊則さんにそう言われたら、私が断れないのがわかってるんでしょう。もう困った人……だけど……そんなあなたが大好き」

友代が俊則の首に手をまわしたまま、かわいらしく体をくねらせた。

つなぎ目から、ねばっこい音が響く。

「上下しなくていいから、前とうしろに動いてみてください」

俊則が乳首を愛撫しつづけながら囁くと、友代はせつなげに腰を前に動かした。

「あふうっ、がんばる……あっ、い、イクッ」

一度動かしただけで、動きが止まってしまう。前に動かしたときに、女芯が刺激されたらしく、またイッてしまったのだ。

「だめですよ、うしろにもお尻をふらないと」

とがった乳首をつまむ指に力をこめると、友代は、

「ひいいっ」

と、鋭い叫び声をあげて、尻をうしろに動かした。

「あうっ……また、い、イクッ」

こちらでも感じたようだ。四肢が、ブルブル震えている。

俊則は友代が腰を軽く前後させただけで、先走りを女体の中に溢れさせていた。

騎乗位で動くことに恥じらいを感じているのか、友代の内奥の締めつけはキツい。

そして、友代のぎこちない動きが俊則に新たな快感を送り、肛門に力を入れていないと射精しそうなほど追いつめられている。

「ねえ、俊則さん、私、気持ちよくて動けないから……お尻をたたいて……そうした

ら、がんばるから」

友代が、とろんとした瞳で、俊則にそう訴える。

「いいんですね……」

俊則は右手で、友代の白臀を打った。

はじける音とともに、友代が、

「ひいいっ、いいっ」

そう言って、腰を前にせり出す。

俊則が反対側の尻を打つと、今度は腰がうしろに動く。

「あん、すごい、いい、いいっ」

尻を打擲《ちょうちゃく》するたびに腰を動かす友代は、本当に淫らで美しかった。

俊則が与える痛みと快感に反応し、相貌を桃色に染めながら身もだえる。

騎乗位で繋がったまま尻を打擲する、という倒錯した行為が、俊則をさらに興奮させていた。

（もう我慢できないっ……）

俊則は打擲をやめ、友代の腰をガシッとつかむと、猛然と腰を突きあげた。

「あんあんあんあん……いい、いいっ、いいのっ。激しいのっ」

友代の乳房がバウンドする。乱れた髪から、汗をしたたらせながら俊則の突きを蜜壺で受けていた。イキまくっていただけあって、子宮は下がっている。

少し突きあげるだけで、肉ざぶとんが亀頭に当たる。

「ああ、いい。友代さんが感じてるの、わかりますよ……」

「私もわかるっ、俊則さんの、オチ×チンがヒクヒクしてるのがっ」

ズンズンズンッ！

下から重い突きを幾度も放たれ、友代が首をうねらせる。

友代の快感が深くなるにつれ、締まりもキツくなる。いまは、リズミカルに四方から肉壁が押しよせてきて、俊則のペニスをくるんでいた。

「ああいい、イク、僕もイク……」

陰嚢から背すじ、そして脳天まで突き抜ける射精欲は切迫したものとなっていた。

もう我慢できそうにない。俊則は本能のままに、鋭く突きあげる。

「あひ、あふっ、はんっ、はんっ、あんっ……イク、イクウウウッ！」

バスバスバスッ！

肉ざぶとんに突きを受けながら、友代が達した。

蜜肉が、ペニスを締めつけ、射精を促す。

「おお、おおお……もうダメだ……イクッ」

ドクンッ！

肉竿が女体内で大きく跳ねる。樹液を幾度にも分け、俊則は友代の体内に注いだ。

3

「なにが飲みたいですか」

俊則が友代に問いかけた。

友代の両手を縛めていた帯はほどいてある。

「ああ……私、また失神してたのね……」

一回のセックスで幾度も達したので、友代はけだるそうだ。

「水分補給したほうがいいですよ。汗と愛液でいっぱい出ましたからね」

俊則にそう言われ、友代が、やだ、と言ってシーツで顔を隠した。

友代は、オレンジジュースが飲みたいと言った。俊則は全裸のまま広縁に行き、その冷蔵庫からオレンジジュースを取り出すと、栓を抜いてそのまま飲んだ。

そして――友代の隣に横たわると唇を重ね、オレンジジュースを流しこむ。

ゴクッ……コク……。

口移しのジュースを、友代はおいしそうに飲んだ。

「じゃあ、今度は私が……」

友代がオレンジジュースをあおり、口に含むと、俊則に口移しで飲ませる。

二人でそれをくり返しているうち、俊則のペニスはむくむくと大きくなってきた。

「すごい……俊則さんったら」

復活を目の当たりにして、友代が口に手を当てる。

「すごいのは、友代さんもですよ」

俊則の視線を感じて、友代が自分の秘所を見ると——勃起を見て興奮したらしく、蠕動した内奥から牡のミルクと愛液が溢れてきていた。

「やんっ。これは、自然現象。中にいっぱい出されたから、出ちゃうの……」

と、目を泳がせている。俊則は白濁で濡れた秘所を見て、ふっと微笑んだ。

友代が怪訝そうな顔をする。

「僕の考えていること、わかりますか」

「どうせ、またエッチなことよね」

「そう……今度は、友代さんにハメたまま、連続して中で出したいなって。僕の精液で友代さんの子宮がいっぱいになるくらい中出ししたい」

友代が、えっ、それは、その……と戸惑っているうちに、俊則は覆いかぶさった。

ペニスを蜜口にあてがい、挿入する。前戯など必要なかった。

愛液と精液で濡れた蜜口はぬめりがよく、するっと若竹が入っていく。

友代を抱きしめながら、正常位で腰をくり出す。

「もう、ああんっ、すぐにイク……ああんっ」

ヌチョヌッチョ……!

友代は二度ほど抽送すると、俊則の腕の中でヒクヒク痙攣した。

「イキやすいのは、僕としてるから? それともローションのせい?」

「言わせないで……は、恥ずかしいからぁ」

バイブでイキ狂い、正常位と騎乗位でイキまくっても、まだ羞恥心を残しているところが友代らしいところだ。

しかし、その羞恥心を快感ではがしていくと、淫蕩な大人の女が顔を出す。

俊則はその友代を見るべく、ピストンを全開にした。

パンパンパンパチュッ!

肉鼓の音を立てて、俊則は友代を幾度も貫いた。

「あんっ、普通にされても感じちゃうっ、ああ、あああっ……」

白く光る肩が、薄明かりのなか、浮かびあがる。愛欲に溺れ、口を半開きにして喘ぎながら、友代は俊則の腰に足をまわしてきた。

「いやらしいな。抜くのをやめてっていわんばかりに腰を足ではさんで。こんなふうにするのは、思いっきり中出ししてほしいからですか」

律動しながら俊則が囁くと、友代が顔を俊則の胸に擦りつけて隠す。

「それじゃ、否定したことになってませんよ」

俊則は友代の頭をかかえて、枕を頭の下に入れる。すると、友代の視線がちょうどつなぎ目に来る。俊則が結合部に目をやると、薄い繊毛を割って、白濁液にまみれたサーモンピンクの襞肉と、それを押し開いている赤黒いペニスが見えた。ゾクゾクするほどいやらしい眺めだ。

それを友代に視姦させると――。

「ああんっ……エッチ、エッチすぎ……」

ピストンの光景だけでも淫猥なのに、友代の蜜壺からは白濁した樹液が抜き差しのたびに溢れてくるのだ。それを眺めているうちに、友代は背すじをヒクつかせながら昇りつめていく。

「エッチすぎて、はぁっ、あんっ、私も、あっ、あんっ、またイク、イクイクッ」

蜜肉の締まりがキツくなる。

「エッチな眺めで興奮して……また締まりがキツい……」

一度射精したら、普段ならしばらく保つはずなのだが、友代の興奮が俊則のペニスに波及したせいか、内奥のうねりと熱であっけなく陥落しそうだ。

穏やかなピストンでは堪えきれず、俊則はまたラッシュをかけた。

結合部からは牡汁が飛び散り、独特の臭いが立ちこめる。

「あ、もう、僕も……もう、また……出る……でるっ！」

ドピュッ、ピュルルッ！

二度目の精はすさまじい勢いでほとばしり、肉壺を熱く染める。

「いい、熱いので、私、またイッちゃううう！」

友代がガクンと動きを止めて、蜜壺で欲望を受け止めた。一度目の射精と間を置かず出された精液だったが、量は多く——友代の蜜口から溢れた白濁が、布団の上にしたたった。

「うっ、ふうっ……」

友代が乳房を大きく上下させながら息をついた。

俊則は腰をヒクつかせて、最後の一滴まで友代に注ぐと、そのまま友代に体を預けた。

「重たい……ですか」

「ううん。俊則さんの重みが、気持ちいいの……」

友代が長いまつげを伏せて、うっとりとつぶやいた。

「もう、僕は友代さんを離したくない……」

俊則の背中にまわされた、友代の手にも力が入った。

「私も……俊則さんを離したくない……でも、帰っちゃうのよね」

濡れたまつげが上がり、潤んだ瞳が俊則を見つめている。

「仙酔島の龍のうろこで、僕がなにをお願いしたか教えましょうか」

友代がコクンとうなずいた。

「友代さんとずっといっしょにいられるように、です。友代さんは?」

「私も同じ」

二人は、どちらともなく、キスをした。長い、長いキスだった。

「冬休みが終わったら、僕は一度帰ります……だけど、休みのたびに友代さんのところに来ますから、バスや新幹線で。ムーンライトながらが運行しているときは、それに乗って。ムーンライトながらは、僕らが出会った大切な列車だから、大事にしたいですものね」

その言葉を聞いた友代が微笑む。

「私も……同じように逢いに行く、俊則さんに」

「そうだっ」

俊則は大声を出した。そして、驚いた様子の友代に説明する。自分の仕事のこと、いまのプロジェクトのこと——。

「リモートワークの拠点候補として、鞆の浦と尾道を推薦します。ここは首都圏からの移住に積極的だし、ロケーションもいい。しまなみ海道《かいどう》でサイクリングもできるので、運動不足解消もできる。地元の人の努力で残された懐かしい景色は、クリエイターたちの刺激になるはずです。この企画はうまくいくはずですよ」

俊則は一気にまくしたてた。

「俊則さんって、いろいろ一生懸命なのね」

友代が笑顔を見せた。

この企画はうまくいくという確信があった。

そして、この企画の第一号として、俊則は名乗りをあげるつもりだ。

リモートワークを尾道でして、友代のそばにいる。そして——。

「ねえ、俊則さん……仕事の話をしているのに、私の中で元気になってるんだけど、どうしてかな」

友代が困り顔で囁く。

「さっき言ったじゃないですか、中で連続して出すって」

俊則は友代の頬に口づけると、思いをこめて抜き差しをはじめた。

「あん、すごいっ。こんなに連続してされたら、私、もう離れられなくなっちゃう」

「僕も友代さんを離す気はないですから……このまま、朝までしましょう。逢えなかった時間を埋めるぐらいたくさん……」

俊則は友代を抱きしめながら腰を送ると——愛する人に深く口づけた。

◎本作品の内容はフィクションであり、登場する個人名や団体名は実在のものとは一切関係ありません。

◉新人作品**大募集**◉

マドンナメイト編集部では、意欲あふれる新人作品を常時募集しております。採用された作品は、本人通知のうえ当文庫より出版されることになります。

【応募要項】 未発表作品に限る。四〇〇字詰原稿用紙換算で三〇〇枚以上四〇〇枚以内。必ず梗概をお書き添えのうえ、名前・住所・電話番号を明記してお送り下さい。なお、採否にかかわらず原稿は返却いたしません。また、電話でのお問い合せはご遠慮下さい。

【送付先】 〒一〇一-八四〇五 東京都千代田区神田三崎町二-一八-一一 マドンナ社編集部 新人作品募集係

【青春R18きっぷ《せいしゅんあーるじゅうはちきっぷ》】夜行列車女体めぐりの旅《やこうれっしゃにょたいめぐりのたび》

二〇二一年 五月 十日 初版発行

著者◉津村しおり【つむら・しおり】

発行◉マドンナ社
発売◉二見書房
東京都千代田区神田三崎町二-一八-一一
電話 〇三-三五一五-二三一一(代表)
郵便振替 〇〇一七〇-四-二六三九

印刷◉株式会社堀内印刷所 製本◉株式会社村上製本所 落丁・乱丁本はお取替えいたします。定価は、カバーに表示してあります。
ISBN978-4-576-21051-3 ◉Printed in Japan ◉©S.tsumura 2021